有故事的唐詩

經典名句是這樣來的

夏昆——著

目錄

誰被公認是唐代的第一位詩人？爲何比起當官他更愛喝酒？

——相顧無相識，長歌懷采薇

當我們說起唐詩時，你會想起哪些名字？李白？杜甫？白居易？唐詩，泛指創作於唐朝的詩，代表中國古典詩歌的最高成就。也可以說，唐詩是中國詩歌史發展的巔峰。唐代的確出現了李白、杜甫、白居易等這些偉大的詩人，但是被後人公認的開闢唐詩天地的詩人卻不是他們，而是初唐時候的一位詩人，他的名字叫王績。

王績出生於隋朝年間，是一個天才小神童，十幾歲的時候就被稱為「神仙童子」。但是，聰明的他也看到了當時隋朝政治的腐敗，根本無法施展自己的抱負，所以即便身在官場，他也只是天天喝酒。後來，他乾脆辭官不做，逃回故鄉。

隋朝滅亡之後，唐朝建立，王績還是很喜歡喝酒。後來，他被朝廷召去做官，他弟弟問

他：「你做官做得還愉快嗎？」王績回答說：「這個官職，官府每天能供應我三升酒喝，所以也還算不錯。」看來，王績對做官的興趣還是沒有對喝酒的興趣大啊！而他的上司聽說之後不但沒有責怪他，反而說：「王先生這麼有才華，三升酒怎麼夠他喝呢？從今天起，每天供應他一斗酒！」於是，人們就給王績起了個外號，叫「斗酒學士」。

中國歷史上，很多詩人都喜歡喝酒。在王績之前，最有名喜歡喝酒的詩人就是陶淵明。陶淵明是東晉的隱士，他因為厭惡當時官場的黑暗，毅然辭官不做，回家種田。他寫下很多著名的詩篇，其中很多句子傳誦千古，譬如「采菊東籬下，悠然見南山」。陶淵明寫過一篇自傳體的文章，他說自己家門前有五棵柳樹，於是就給自己取了個外號叫「五柳先生」。而王績非常佩服陶淵明，所以也給自己取個外號叫「五斗先生」——你有五棵柳樹，我能喝五斗酒。是不是很好玩？

不過，不管是在隋朝還是在唐朝，王績對做官都沒有多大興趣，所以，他最終還是辭去官職，回到了家鄉。

王績的隱居生活閒散安適，每天看農人在地裡耕作，聽鳥兒在樹上鳴叫。

一個傍晚，太陽漸漸落山了，王績站在自己家門前，看著這夕陽下的美景：秋天來了，樹葉變成金黃色，在夕陽的照耀下，顯得更加美麗；黃昏中，牧人驅趕著牛群回家，騎在馬上的獵人帶著獵獲的禽鳥回家。每個人都收穫滿滿，非常高興。這時候，王績突然想到自己：大半生過去了，我的人生道路是怎樣呢？

這時，他想起一個古老的故事：商朝末年，商紂王殘暴昏庸，於是周武王決定討伐他。討伐的大軍剛剛出發，兩個商朝的貴族——伯夷和叔齊便攔在馬前。他二人對武王說，商紂王再昏庸也是君主，你不應該討伐他。周武王沒有聽他們的，繼續進軍，最後滅掉了商朝，建立周朝。

周朝建立之後，伯夷和叔齊覺得自己對不起商朝，也不願意吃周朝的糧食，兩個人就相約到首陽山上去採薇草充飢。可薇草怎麼能吃得飽呢？所以，後來兩個人都被餓死了。

伯夷和叔齊雖然死了，但是他們兩個人卻成為美好堅定節操的代稱。

在這個秋天的傍晚，王績想到他們，他想：每個人都找到了自己的位置，我的位置也許就是和伯夷、叔齊一樣，做一個內心堅定、品德高尚的讀書人吧。

於是，他有感而發寫下這首詩：

〈**野望**〉

東皋薄暮望，徙倚欲何依。

樹樹皆秋色，山山唯落暉。
牧人驅犢返，獵馬帶禽歸。
相顧無相識，長歌懷采薇。

後人把這首詩稱為唐詩的開篇之作，因為它不僅在思想感情上，更在詩歌體裁上為唐詩打開了大門。所以，人們也把王績看作唐代的第一位詩人。

王績為唐詩打開了大門，一代代偉大的詩人就此開始登場。不過別著急，這時候還是初唐，李白、杜甫等人還沒出生呢。那麼，在初唐有哪些著名的詩人呢？

初唐最著名的當數「初唐四傑」，而「初唐四傑」中最著名的，就是王績的侄孫——王勃。

王績〈野望〉這首詩是一首五言律詩，什麼是律詩呢？

〈野望〉一詩共八句，每句五字，古人把每個字稱為「一言」，所以這種詩就叫五言詩。中國古代詩歌，最早是以《詩經》為代表的四言詩，之後是以《楚辭》為代表的六言詩，漢魏、南北朝則以五言詩為主，這些詩歌在音韻、詞性、句法上都有嚴格的要求。而這首〈野望〉，第三句和第四句的句式相同、詞性一致，形成了嚴格的對仗，第五句和第六句也對仗。唐詩每兩句稱為「一聯」，這種對仗的聯就稱為「對聯」；其他沒有對仗的，如第一聯和第四聯，就稱為「散聯」。每聯末尾一個字稱為「韻腳」，就是必須押韻的字，按照這種方式組織起來的詩歌，就叫「五言四韻詩」，後來稱為「五言律詩」。而王績這首詩，被公認為唐代最早的五言律詩。

六歲寫詩、九歲出版學術專著，這個古代神童是誰？

——海內存知己，天涯若比鄰

在教育上，古代的孩子可沒有現代的孩子這麼幸運，幾乎人人都能接受教育。在唐代以前，基本上只有貴族子弟才有接受教育的機會。唐代以後，科舉制度越來越發達，很多平民子弟也有上學的機會。但是由於古代生產力很低，家裡多一個人讀書，就少一個人勞動，因此，大多數平民的孩子仍然是沒有上學的可能性。而除了王公貴族家的孩子，還有哪些孩子最有可能接受教育呢？

答案便是書香門第的孩子。

因為出身書香門第的孩子，他們的家族很早以前就有讀書的家風，一代代傳下來，到他們這裡，接受教育已是再正常不過的事情。同時，這種家族也往往有很多藏書，在印刷術並

不發達的古代，書是非常珍貴的，沒有書你向誰學習？所以在那時，很多被稱為神童的孩子都出身於書香門第，比如前面說過的王績的侄孫王勃。

王勃是王績的侄孫，也是隋朝末年著名學者王通的孫子。他的家族可以說是真正的書香門第，所以他從小就得到了良好的教育。也正因為如此，他成為當時非常有名的神童。

據說王勃六歲的時候就會寫詩。而更讓人驚訝的是，他九歲的時候讀東漢歷史學家班固寫的《漢書》，看到顏師古老前輩給《漢書》作的註解後，覺得很多地方寫得不對，竟然寫了十卷的《漢書指瑕》。用現在的話來說，就是他九歲的時候就出版了一部歷史學專著！這位超級神童的才學，當時就震驚海內。

王勃對自己的才華十分有信心，十四歲的時候，他就給朝廷寫信毛遂自薦，兩年後，他通過了皇帝親自主持的考試，以優異的成績，被授予朝散郎的官職，一時間風光無限！

此時的王勃，不管做什麼，都是充滿自信、激昂向上的，哪怕是和朋友分別。

這一年，王勃一位姓杜的朋友要離開京城去四川做官。在古代，四川比較偏遠，要去四川必須經過蜀道，而蜀道是非常難走的。後來李白專門寫過「蜀道之難，難於上青天」的詩句。所以，這位姓杜的朋友心裡是有些難受。看到朋友如此難受，王勃想，能不能用一首詩來鼓勵他呢？因為朋友的官職是少府，所以王勃就寫下這首〈送杜少府之任蜀州〉：

〈送杜少府之任蜀州〉

城闕輔三秦，風煙望五津。
與君離別意，同是宦遊人。
海內存知己，天涯若比鄰。
無為在歧路，兒女共沾巾。

關中一帶在春秋戰國時期是秦國的發源地，秦朝滅亡之後，項羽自立西楚霸王，把劉邦分封到漢中，稱其為漢王。但是項羽又怕劉邦從漢中衝出來爭奪天下，於是就分封了秦朝的三個投降將領駐守以前秦朝所在的關中地區，從此，這個地區就被稱為「三秦」。

在送別朋友的酒宴上，王勃想起這個故事。長安雄偉的宮殿，被三秦之地拱衛守護著，而遙遠的岷江上的五個渡口，風煙瀰漫。今天我和你在這裡分別，我們都是由於要做官才踏上萬里征程的。但是，不管分隔多遠，我們都是心心相印的知己，雖然我們相隔萬里，卻仍像鄰居一樣，因為我們的心是在一起的。所以就不必像小男孩小女孩一樣，悲傷哭泣。

唐詩小帖

除了這首詩，你還知道哪些寫離別的名句呢？

莫愁前路無知己，天下誰人不識君。
——高適〈別董大〉

多情自古傷離別，更那堪冷落清秋節！
——柳永〈雨霖鈴．寒蟬淒切〉

相見時難別亦難，東風無力百花殘。
——李商隱〈無題〉

勸君更盡一杯酒，西出陽關無故人。
——王維〈送元二使安西〉

衰蘭送客咸陽道，天若有情天亦老。
——李賀〈金銅仙人辭漢歌〉

故人西辭黃鶴樓，煙花三月下揚州。
——李白〈黃鶴樓送孟浩然之廣陵〉

你還能再補充一些嗎？

誰攪了人家的宴會，卻因爲寫下名句而讓主人怒火都沒了？

——落霞與孤鶩齊飛，秋水共長天一色

前面已經講過，王勃年紀輕輕就很有名了。或許正因為他太早成名，對世道的險惡還不瞭解，所以不久之後他就連栽幾個跟頭，被判了死刑，幸好朝廷大赦，才撿回性命。但是，他犯的罪很嚴重，甚至牽連他的父親王福時被貶去交趾做縣令。

王勃去探望父親，一路南下，在這一年的重陽節，來到了江西南昌。

南昌的長江邊上，有一座宏偉的建築，叫滕王閣，是唐太宗李世民的弟弟——滕王李元嬰下令修建的，到了王勃那個年代，這座樓已經很陳舊。當時南昌的都督閻伯嶼下令重修滕王閣，修好之後，為了紀念這件盛事，閻都督就請當地的名流，在重陽節這一天匯聚一堂。

按照當時的習慣，一定要有一個大家都欽佩的文人來寫文章記下這件事，而這篇文章很可能

也是會流傳千古的。比如晉朝的時候，一群名流在蘭亭聚會，當時的文人、書法家王羲之就寫了一篇〈蘭亭集序〉，這篇文章無論是從文字上還是從書法上都被譽為精品，流傳至今。

因為知道這篇文章的重要性，所以閻都督玩了一個小花招。

閻都督想藉此向大家誇耀他女婿的才學。故而在宴會之前，他就囑咐女婿作一篇序文，並叫他背熟，打算在席間假裝是即興所作，展示給大家。宴會上，大家坐定之後，閻都督命人拿出紙筆，假意請在座的眾人為這次盛會作序。而當時參加宴會的人也都知道閻都督已經叫女婿寫好文章，只等著一會兒背誦呢，所以都假裝謙虛，這個說「在下才疏學淺，無法擔此重任」，那個說「在下老眼昏花，這種事情還是讓年輕才俊來做吧」。閻都督看了大家的反應非常滿意，正說讓女婿寫一篇的時候，突然僕人報告：「王勃來拜訪！」大家聽了十分驚訝，儘管很早就知道這個神童，但是長安和江西相隔遙遠，很多人並沒有見過王勃，更不知道這個人的才學到底怎樣。不一會兒，王勃走進來，與大家寒暄一番坐下之後，看見僕人正在挨個請賓客們寫文章，而大家都在假作謙虛推三阻四，於是他挽起袖子，朗聲說道：「王勃不才，願為諸君作文助興！」

王勃話音剛落，在座的賓客一片譁然：我們都知道閻都督叫女婿準備好了文章，所以才假意推辭，你這個小夥子怎麼如此不懂規矩，非要壞人家的好事！

閻都督聽了之後心中更是生氣：哪裡來的野小子，冒冒失失闖進來寫文章，把我安排好的宴會都攪黃了！不過，既然王勃已經請求，閻都督當然也不能說自己已經讓女婿作弊寫好文章，只能強壓著怒火，讓僕人把紙筆遞給王勃。但是心裡又實在窩火，就找個藉口，離開宴會，到後堂生悶氣。

據說王勃寫文章有一個習慣，必須先痛飲美酒，然後蒙頭大睡，睡起來之後提筆就寫，很快就能寫完一篇文章，而且一個字都不需要修改。當時人稱這個為「打腹稿」，我們現在說的「打腹稿」就是這麼來的。閻都督生氣地離開，王勃似乎一點都不知道，依然和以前一樣先打腹稿。打好之後，他提起毛筆在紙上飛快地寫下第一句：「豫章故郡，洪都新府」。

話說在後堂生悶氣的閻都督，生氣歸生氣，但還是很好奇這個名滿天下的才子到底能寫出什麼，於是便派僕人到前廳去窺探，並隨時回來報告給自己。當僕人告訴他王勃寫的第一句時，閻都督不以為然地說：「這不過是老套路罷了！」緊接著，僕人又回來報告王勃寫的第二句「星分翼軫，地接衡廬」，閻都督收起輕蔑的笑容，但還是硬著頭皮說：「這不過是大家都會使用的典故罷了，沒什麼了不起的。」

前廳王勃的筆像閃電一樣飛動，美詞佳句如變魔術般一個個出現在紙上，僕人也忙不迭地連連傳報，當僕人回報王先生寫了「落霞與孤鶩齊飛，秋水共長天一色」時，閻都督忽地站起來，大驚失色地說：「這兩句，簡直可以稱作不朽名句啊！」

王勃的文章寫完，參加宴會的賓客都嘖嘖稱奇，開始還氣呼呼的閻都督也不再生氣，而且高興地對王勃說：「有了您的文章，江山也無價！」王勃到底寫了什麼文章讓所有人都如此讚賞呢？這篇文章就是名垂千古、至今仍然是國文課必讀篇目〈滕王閣序〉：

〈滕王閣序〉

豫章故郡，洪都新府。星分翼軫，地接衡廬。襟三江而帶五湖，控蠻荊而引甌越。物華天寶，龍光射牛斗之墟；人傑地靈，徐孺下陳蕃之榻。雄州霧列，俊采星馳。臺隍枕夷夏之交，賓主盡東南之美。都督閻公之雅望，棨戟遙臨；宇文新州之懿範，襜帷暫駐。十旬休暇，勝友如雲。千里逢迎，高朋滿座。騰蛟起鳳，孟學士之詞宗；紫電青霜，王將軍之武庫。家君作宰，路出名區。童子何知？躬逢勝餞。

時維九月，序屬三秋。潦水盡而寒潭清，煙光凝而暮山紫。儼驂騑於上路，訪風景於崇阿。臨帝子之長洲，得仙人之舊館。層巒聳翠，上出重霄；飛閣流丹，下臨無地。鶴汀鳧渚，窮島嶼之縈迴；桂殿蘭宮，即岡巒之體勢。

披繡闥，俯雕甍，山原曠其盈視，川澤紆其駭矚。閭閻撲地，鐘鳴鼎食之家；舸艦彌津，青雀黃龍之舳。雲銷雨霽，彩徹區明。落霞與孤鶩齊飛，秋水共長天一色。漁舟唱晚，響窮彭蠡之濱；雁陣驚寒，聲斷衡陽之浦。

遙襟甫暢，逸興遄飛。爽籟發而清風生，纖歌凝而白雲遏。睢園綠竹，氣凌彭澤之樽；鄴水朱華，光照臨川之筆。四美具，二難并。窮睇眄於中天，極娛遊於暇日。天高地迥，覺宇宙之無窮；興盡悲來，識盈虛之有數。望長安於日下，目吳會於雲間。地勢極而南溟深，天柱高而北辰遠。關山難越，誰悲失路之人？萍水相逢，盡是他鄉之客。懷帝閽而不見，奉宣室以何年？

嗟乎！時運不齊，命途多舛。馮唐易老，李廣難封。屈賈誼於長沙，非無聖主；竄梁鴻於海曲，豈乏明時？所賴君子見機，達人知命。老當益壯，寧移白首之心；窮且益堅，不墜青雲之志。酌貪泉而覺爽，處涸轍以猶歡。北海雖賒，扶搖可接；東隅已逝，桑榆非晚。孟嘗高潔，空餘報國之情；阮籍猖狂，豈效窮途之哭？

勃，三尺微命，一介書生。無路請纓，等終軍之弱冠；有懷投筆，慕宗慤之長風。舍簪笏於百齡，奉晨昏於萬里。非謝家之寶樹，接孟氏之芳鄰。他日趨庭，叨陪鯉對；今茲捧袂，喜托龍門。楊意不逢，撫凌雲而自惜；鍾期既遇，奏流水以何慚？

嗚呼！勝地不常，盛筵難再。蘭亭已矣，梓澤丘墟。臨別贈言，幸承恩於偉餞；登高作賦，是所望於群公！敢竭鄙懷，恭疏短引。一言均賦，四韻俱成。請灑潘江，各傾陸海云爾。

中國古代的「四大名樓」指的是哪些樓閣？有哪些詩文與它們有關呢？

四大名樓是一種泛稱，一般是指江南三大名樓（湖北武漢黃鶴樓、湖南岳陽岳陽樓、江西南昌滕王閣）以及山西永濟鸛雀樓。

與之有關的詩文有：

黃鶴樓——崔顥〈黃鶴樓〉，李白〈黃鶴樓送孟浩然之廣陵〉

岳陽樓——杜甫〈登岳陽樓〉，范仲淹〈岳陽樓記〉

滕王閣——王勃〈滕王閣序〉

鸛雀樓——王之渙〈登鸛雀樓〉

王勃是「初唐四傑」之首，誰對這個排名最不服氣？

——寧為百夫長，勝作一書生

我們今天所說的「初唐四傑」，指的是王勃、楊炯、盧照鄰和駱賓王，其中王勃被認為是「初唐四傑」之首。但是有人卻對這個排名很不服氣，他說：「我以排名在盧照鄰之前感到慚愧，以排名在王勃之後感到恥辱。」（「愧在盧前，恥居王後」）

是誰口氣這麼大，居然連名滿天下的王勃都不服？

他就是「初唐四傑」排名第二的楊炯。楊炯說「愧在盧前」，其實多多少少是有些客氣，他真正的意思是覺得自己並不比王勃差，憑什麼只能排第二？

楊炯是一個什麼樣的人？他憑什麼說這樣的大話？他又有哪些著名的作品呢？

和王勃一樣，楊炯也是當時著名的天才少年。他九歲的時候就通過了童子科考試（科舉

考試中特別為少年應試者所設的考試科目），被舉為神童；二十六歲的時候，參加皇帝主持的科舉考試，被授予校書郎的官職。這個官職是專門修訂古籍、糾正典籍中的錯誤，被授予這樣官職的都是飽學之士。而楊炯當時還不到三十歲，他的才華之高可見一斑。

也許是太有才華了，楊炯對周圍很多人都看不起。

唐朝每逢重大節日，都會有一種舞麒麟的表演。但是麒麟這種生物世間並不存在，所以，當時的藝人就把畫著麒麟樣子的布蒙在驢子身上，讓驢子翩翩起舞，而這個蒙著麒麟布的驢子就被叫作「麒麟楦」。所以這個詞當時也用來指那些表面上很厲害，其實一點本事都沒有的人。而楊炯就把當時朝廷的大臣比作麒麟楦，可見他說話是毫無顧忌的。

也許因為說話沒有顧忌得罪了很多人，楊炯仕途上很不得意，一直沒有做很大的官。導致他對當一個規規矩矩的小官很厭煩，他整天夢想自己能夠像漢朝的班超一樣投筆從戎，成為一個將軍，率領千軍萬馬與敵人拚殺，建立不朽的功業。

唐朝剛建立的時候，國力還不是很強盛，經常受到西北方回紇、突厥、吐蕃等少數民族政權的侵擾，有好幾次，戰火都燃到了當時的西京——長安附近。聽到這些消息，滿腔愛國熱忱的楊炯怎麼也平靜不下來。他多麼希望自己能夠扔下毛筆，披甲上陣，為國效力！

他不禁幻想：敵人打到了我們的京城附近，我無法抑制自己內心的憤怒，奉命出征。古代將領出征要用兵符，兵符一般分成兩塊，一塊在主帥那裡，一塊在皇帝那裡，兩塊合起來呈牙的樣子，因此叫「牙璋」。楊炯幻想：我跟著手持兵符、受命出征的大將一起，辭別了皇宮，我們披甲的戰馬所向無敵，瞬間就包圍了匈奴的老窩龍城。戰爭是如此的艱難，凜冽的風雪使我們戰旗上的圖案都減淡了顏色，呼嘯的風聲中，夾雜著戰鼓的聲音。可是回到現實，自己並沒能上戰場，還是一個小小的、沒用的官吏，楊炯不由得發出一聲長嘆：我哪怕在軍隊裡做一個百夫長的小官，也比做一個百無一用的書生好啊！

於是楊炯就把這些幻想寫成一首詩，詩名〈從軍行〉：

〈從軍行〉

烽火照西京，心中自不平。
牙璋辭鳳闕，鐵騎繞龍城。
雪暗凋旗畫，風多雜鼓聲。
寧為百夫長，勝作一書生。

雖然楊炯最終沒能實現自己躍馬沙場、建功立業的夢想，一輩子只做了一些小官。但是他的這首〈從軍行〉卻成為後來很多熱血男兒的號角，鼓勵著他們不怕困難、勇於挑戰、實現自我，成為一個有用的人。

唐詩小帖

唐代詩人爲什麼喜歡稱唐爲漢？

剛剛在文中說到，唐朝剛建立時，邊疆的主要威脅有回紇、突厥和吐蕃，但是楊炯的〈從軍行〉裡卻說要抵抗匈奴的進犯，而匈奴是漢朝時候的少數民族，不是唐朝時候的。這是怎麼回事呢？這與唐代詩人喜歡稱唐為漢的習慣有關。所謂稱唐為漢，就是唐代的詩人們喜歡把自己詩歌裡的故事假托是漢朝發生的，或者使用漢朝獨有的詞語來表意。之所以這樣做，一來可能是他們不想直接批評當時的統治者；二來漢代是一個非常偉大的朝代，詩人們覺得自己所處的唐朝完全可以跟漢朝並列。因此，在詩裡楊炯就寫了「鐵騎繞龍城」。此外，稱唐為漢的還有白居易〈長恨歌〉裡的「漢皇重色思傾國」以及杜甫〈兵車行〉裡的「武皇開邊意未已」。

你還知道更多唐詩裡稱唐為漢的例子嗎？

現代幼童學唐詩必學的啟蒙詩是誰寫的？

——鵝，鵝，鵝，曲項向天歌

「初唐四傑」都是很小就名震海內的神童，比如王勃十六歲當官，楊炯九歲被舉為神童，排名第三的盧照鄰也是二十歲就做到典簽的官職。然而，我們最熟悉的其實並非是這前三人，而是排名第四的駱賓王七歲寫〈詠鵝〉詩的故事。

〈詠鵝〉這首詩幾乎是絕大多數孩子接觸到的第一首唐詩，而教給他們這首詩的，多半是爸爸媽媽。有人說，兒童是天生的詩人，而成年人要成為詩人，必須保持住兒時那顆天真的童心才行。所以，兒童其實比成人更靠近詩歌的境界，駱賓王的這首詩也許就是個證據。

一千多年來，大家讀起這首詩時，腦海裡大概都會出現這樣一幅畫面：可愛的大白鵝從遠處悠悠地游來，牠彎著脖子，仰面朝天，唱出嘹亮的歌聲。雪白的毛漂浮在碧綠的水上，

紅紅的腳掌像船槳一樣在清亮的水中划著。

〈**詠鵝**〉

鵝，鵝，鵝，曲項向天歌。

白毛浮綠水，紅掌撥清波。

這首詩很簡單，簡單到一千多年後還沒上學的孩子都能聽得懂，但是這首詩又是一幅精采的有聲畫，透過這幅畫，我們看到大白鵝矯健的身姿、雪白的鵝毛、紅紅的腳掌、碧綠的溪水，甚至聽到了大白鵝高亢的歌聲。若是沒有一番真才實學，哪裡能在小小的年紀便寫出如此靈動的詩呢！可見駱賓王的優秀。

然而，這麼優秀的駱賓王卻沒能一直順利下去。他在擔任侍御史的時候，上書談論當時的政治，結果得罪武則天，被人誣陷貪汙，扔進了監獄。

被關在監獄裡的駱賓王，隨時都有失去生命的可能。秋天來了，牢房外面的老槐樹上，秋蟬淒厲地叫著，雖然牠現在還活著，大概也離死不遠了，所以才會在夕陽照在槐樹上時，發出如此淒涼的叫聲吧。駱賓王聽著這叫聲，不禁想起自己的身世。於是，他寫下了著名的

〈詠蟬〉：

〈詠蟬〉

西陸蟬聲唱，南冠客思深。
不堪玄鬢影，來對白頭吟。
露重飛難進，風多響易沉。
無人信高潔，誰為表予心？

古人認為，太陽運行到西邊陸地的時候，秋天就來了。所以秋天也被稱為「西陸」。而秋天又是一個讓人傷感的季節，更何況此時詩人還是一個隨時都可能失去生命的囚徒（南冠）。站在空曠的牢房裡，駱賓王聽著淒厲的蟬鳴聲，想到自己還是頭髮烏黑的年輕人，卻要唱起〈白頭吟〉那樣淒涼哀怨的曲子。露水越來越重，打濕了蟬的翅膀，使牠無法振翅高飛，西風吹來，呼呼的風聲遮蓋了一切，也遮蓋了蟬悲涼的訴說。我本來就沒有犯貪汙的罪，現在卻被關在監牢裡，誰能替我說明我的清白呢？

案子最終因查無實據告結，駱賓王被放了出來，但還是被貶官。他十分氣憤，乾脆辭官不做。後來，武則天廢掉自己兒子唐中宗李顯的皇帝之位，打算自立為皇帝。聽說此事之後，徐敬業在揚州起兵反對武則天。為了號召天下支持自己，徐敬業讓駱賓王起草了一篇檄文——古代起兵時聲討敵人罪行的文章——〈討武曌檄〉。

這篇文章後來到了武則天的手裡，她看著文章前面那些聲討自己罪行的話，只是微微一笑，並不以為然。可是後來看到「一抔之土未乾，六尺之孤安在」，意思是先皇剛剛去世，墳上的土都還沒乾透，武則天就把先皇託付的皇子廢的廢、殺的殺，她臉色馬上變了，問這篇檄文是誰寫的，左右說是駱賓王寫的。武則天就問宰相：「你不是說當今天下有才華的人都到朝廷為我效力了嗎，怎麼偏偏遺漏這個駱賓王？」

徐敬業的反抗很快就被武則天鎮壓下去，徐敬業也被殺。有人說，駱賓王跟徐敬業一起被殺了；也有人說，駱賓王是兵敗之後投水自殺；還有人說駱賓王根本沒有死，他趁亂逃出，後來在靈隱寺當和尚。

駱賓王的結局究竟怎麼樣，其實並不重要。因為不管他是死是活，能活多少歲，肯定都無法超越他詩歌的年齡。他的〈詠鵝〉詩成為一千多年來幾乎每個讀唐詩的孩子的啟蒙詩，讓每個孩子都記住了這個七歲寫詩的神童，以後，還會有更多的孩子記住他。

「初唐四傑」中的盧照鄰有哪些故事？他留下了哪些詩歌？

和其他三人一樣，盧照鄰也是年少成名。他二十歲就擔任了鄧王府的典簽，主要任務是幫王府整理圖書。在他任職期間，王府二十二車圖書被他閱讀殆盡。鄧王十分欽佩，把他比作西漢的大學者司馬相如。但是中年之後，盧照鄰得了風疾（風濕病一類的疾病），後來半身不遂，長期求醫沒有效果之後，盧照鄰無法忍受病痛的折磨，投水自盡。

盧照鄰的代表作是〈長安古意〉，裡面有兩句詩至今為人們傳誦，即「得成比目何辭死，願作鴛鴦不羨仙。」

哪位詩人不畏唐朝酸民、勇敢地爲「初唐四傑」辯護並寫詩稱讚？

——爾曹身與名俱滅，不廢江河萬古流

如果說唐詩是一座富麗輝煌的宮殿，那麼「初唐四傑」就是這座宮殿的前殿，人們通過他們進入唐詩神奇瑰麗的江山。同時，也正因為有他們，唐詩才打下了堅實的基礎，才有了後來的燦爛和輝煌。

可是，每個時代都有那麼一幫人，他們自己水平不高、學藝不精，卻總愛挑別人的毛病，特別是挑一些「大家」的毛病，以此來顯示自己很厲害。他們的精力不是放在不斷學習、提高自己，而是放在盯著別人、橫挑鼻子豎挑眼。現在在網路上，這種人被稱為「酸民」。

唐朝也有這樣的「酸民」。他們指責的就是「初唐四傑」。

這些人有的說：「『初唐四傑』的詩也不過如此嘛，我閉著眼睛一天都能寫出二十首。」

有的說：「『初唐四傑』的詩已經過時，哪裡有我的詩寫得精采！」還有的說：「『初唐四傑』只是年輕的時候比較厲害，長大也不過如此。」一時間紛紛擾擾，鬧騰得不可開交。

這時候，一位詩人站了出來，勇敢地為「初唐四傑」辯護，反駁那些自己寫詩稀鬆平常，卻以攻擊前輩名家為樂的人。這位詩人就是杜甫。

杜甫說，「初唐四傑」是在唐朝剛剛建立的時候寫詩，他們的詩歌代表的是當時的風格，跟現在是有些不一樣。但是有些人自己寫詩不認真，不把精力放在提高自己的能力上，而總盯著前輩名家，輕率地嘲笑前人。杜甫還說，那些嘲笑前人的人，因為他們的詩並不好，所以，當他們離開這個世界之後，他們的詩也必將淹沒在歷史中，他們最終不過是歷史的一個笑話而已。但「初唐四傑」的詩則會像滾滾的江河一樣，生生不息永遠向前奔流。

〈戲為六絕句〉

王楊盧駱當時體，輕薄為文哂未休。
爾曹身與名俱滅，不廢江河萬古流。

後來的事實果真如杜甫預料的那樣，那些自己不好好寫詩卻總是嘲笑前人的人，最終被歷史淘汰。只有認真向前人學習、不斷努力提高自己的人，才能不斷超越自己，乃至超越前人，名垂青史。

唐詩小帖

你知道唐朝分爲幾個時期？每個時期有哪些代表詩人呢？

唐朝一般分為初唐、盛唐、中唐和晚唐。初唐代表詩人有「初唐四傑」、陳子昂等，盛唐代表詩人有李白、杜甫、王維、孟浩然、高適、岑參等，中唐代表詩人有韓愈、柳宗元、劉禹錫、白居易等，晚唐代表詩人有李商隱、杜牧、溫庭筠等。

你還能列舉出其他的著名詩人嗎？

始終懷才不遇的陳子昂用什麼方法讓自己名聲大振？

——念天地之悠悠，獨愴然而涕下

唐朝的長安，是當時世界上最有名的大都市。這個城市每天車水馬龍，人山人海，來自世界各地的商人匯聚於此，各種奇珍異寶充斥著市場，再珍奇的寶貝，人們也都習以為常、見慣不驚了。但是這一天，市場上一個賣琴的人卻引得人們爭相圍觀。

這個人賣的是一把古琴，他說這把琴十分珍貴，是古人傳下來的寶物，能夠彈出世界上最美妙的音樂。這樣珍貴的古琴要價當然也高，要一百萬兩銀子！

圍觀的人嘖嘖稱奇，但是誰也沒有能力買下這把昂貴的古琴。正在大家對這把古琴稱羨不已的時候，一個年輕人走進了人群，二話不說，拿出一百萬兩銀子就買下這把古琴！

眾人十分驚訝：這個人是技藝高超的宮廷樂師，還是深藏不露的江湖俠士？或者是家財

萬貫的收藏家？怎麼有如此的魄力，想都不想就買下這樣一把昂貴的古琴？

這個年輕人買下古琴之後，當眾宣告：「各位，在下今天買下了這把世間罕有的寶貝，三天之後，我將在這裡用這把古琴演奏音樂，歡迎大家相互轉告，前來觀賞。」說完，抱著古琴頭也不回地走了。

這個消息風一樣傳遍了整個長安城，所有人都想聽聽用這把昂貴古琴能夠演奏出怎樣的天籟之音。到了約定的時候，大家一早就裡三層外三層地圍個水洩不通。

買下古琴的年輕人在大家的注視下走了過來，他解開包袱，拿出古琴，卻沒有急於演奏，而是大聲說道：

「我是四川的陳子昂，雖無二謝之才，也有屈原、賈誼之志，我攜帶詩文百篇，自蜀入京，卻無人賞識。可是一聽說我要彈奏這把價值百萬的琴，卻觀者如堵。其實，這種樂工的低賤小技，又能算得什麼！」

說完，在大家的注視下，他舉起古琴，使勁地摔在地上，價值百萬的古琴就這樣被摔得粉碎！圍觀的人發出驚呼。接著，陳子昂拿出自己的數百篇作品，分發給在場的人。陳子昂由此而名聲大振。

陳子昂一生夢想建功立業，但是彼時朝廷被權貴把持，他們根本不給陳子昂這樣有才華的讀書人提供報效國家的機會。雖然陳子昂後來中了進士、當了官，但是他的意見總不被權貴採納，因此他依然覺得懷才不遇、壯志難酬。

這一年，陳子昂跟隨軍隊來到邊塞——幽州。

幽州就是現在的北京，在春秋戰國的時候這裡是燕國的領土。

燕國曾經有過一個求賢若渴的君王燕昭王，他一天到晚就想尋找治國安邦的英才。但是很多人認為燕昭王不過是葉公好龍，不會真正尊敬人才，所以沒有什麼人投奔他，燕昭王因此悶悶不樂。

看到這種情形，大臣郭隗給燕昭王講一個故事：

從前有一個國君，想用千金去買千里馬，結果買了三年也沒有買到。後來，國君終於聽說有一個人有千里馬，便叫使者帶著千金去買。結果使者到的時候，馬已經死了。於是使者用五百金買下千里馬的骨頭回來。國君聽說之後很生氣：「我要買的是千里馬，你花這麼多錢買馬骨頭有什麼用？」使者說：「您捨得花五百金買千里馬的骨頭，這個消息傳出去之後，天下有千里馬的人就會覺得您會願意花更多錢買千里馬，這樣一來，他們定會自動送上門的。」果然，不到一年，就有三匹千里馬被人自動送過來。

郭隗對燕昭王說：「大王想招納賢才，不妨先從我開始。天下的賢才看見我這樣本事不大的人都能得到大王的寵信，那些才學比我高的人一定會不遠千里來投奔大王的。」

燕昭王覺得很有道理，就拜郭隗為師，為他建造宮殿。此外，燕昭王還建造一座高臺，在上面堆滿黃金，並宣告說：誰有治國安邦之策，來投奔我，就可以得到臺上的黃金。於是很短的時間內，很多有才能的人都投奔到燕國，一時間，燕國人才濟濟，而這座高臺也就被稱作「黃金臺」。

此時，陳子昂就站在黃金臺的遺址上。高臺還在，但是招賢納士的明主已經沒有了。朝廷當政的只是一批庸庸碌碌的小人。陳子昂空有滿腹的才學卻無法施展。站在臺上，悲涼和寂寞湧上心頭，他仰望蒼天，寫下這首傳誦千古的名作：

〈登幽州臺歌〉

前不見古人，後不見來者。
念天地之悠悠，獨愴然而涕下。

陳子昂最後也沒能實現自己的理想，沒能用自己的才華報效國家。但是他這首詩卻流傳下來，成為無數報國無門的人共同的心聲。

唐詩小帖

陳子昂是四川人，四川還有哪些著名的詩人呢？

漢代的時候，四川曾經湧現出司馬相如、楊雄等辭賦家；唐代的時候，出現了陳子昂、李白等著名詩人；宋代的時候，則是有「三蘇」，即蘇洵、蘇軾和蘇轍。很多並非出生於四川的詩人，也都去過四川，並寫下了很多優美的詩篇，如杜甫、韋莊、陸游、薛濤等。

詩詞小地理

長安

——秋風吹渭水，落葉滿長安。

長安，意為「長治久安」，今西安的舊稱。從西周到唐代，先後有十三個王朝及政權建都於長安，總計建都時間一〇七七年。所以，長安是中國歷史上建都時間最早、歷時最長、朝代最多的古都，也是中國歷史上影響力最大的都城，位列中國四大古都之首，世界四大古都之一。

西漢時，劉邦定都長安。唐朝建立後，也定都長安。因此，長安是漢唐兩代的政治和文化中心，也是中央政府所在地。不難想像，唐代的詩人們如果想出人頭地、實現自己的理想，

就一定要到長安去。因此，很自然的，也就有了很多關於長安的詩詞。

長相思，在長安。——李白〈長相思〉

長安大道連狹斜，青牛白馬七香車。——盧照鄰〈長安古意〉

樓倚霜樹外，鏡天無一毫。——杜牧〈長安秋望〉

長安陌上無窮樹，唯有垂楊管別離。——劉禹錫〈楊柳枝〉

長安二月眼看盡，寄報春風早為催。——岑參〈春光戲題贈李侯〉

回首可憐歌舞地，秦中自古帝王州。——杜甫〈秋興八首．其六〉

秋風吹渭水，落葉滿長安。——賈島〈憶江上吳處士〉

衝天香陣透長安，滿城盡帶黃金甲。——黃巢〈不第後賦菊〉

咫尺畫堂深似海，憶來惟把舊書看，幾時攜手入長安？——韋莊〈浣溪沙〉

春風得意馬蹄疾，一日看盡長安花。——孟郊〈登科後〉

誰喜歡在長安城中到處塗鴉？

——長安一相見，呼我謫仙人

我們在書中可能都看過這首詩：

〈詠柳〉

碧玉妝成一樹高，萬條垂下綠絲絛。
不知細葉誰裁出，二月春風似剪刀。

這首詩的作者是賀知章，號「四明狂客」。賀知章為什麼會有這麼個奇怪的號呢？原來，四明是現在寧波的別稱，而寧波正是賀知章的家鄉。所以，賀知章就取了這個號，意思就是

說他是來自寧波的一個狂人。那麼這個狂人到底有多「狂」呢？

我們都知道賀知章是唐代著名的詩人，但他其實還是一位著名的書法家。而且，他寫字很好玩。別人拿著紙請他寫字，他先問人家有多少紙，對方回答之後，他就潑墨揮毫，不顧一切地寫，一直把紙寫完才罷休。賀知章還有一個書法家好朋友，叫張旭，而張旭有個外號叫「張顛」。這個「張顛」到底「顛」到什麼程度呢？據說有一次他喝得酩酊大醉，想寫字了，但不是用筆，而是把自己的頭髮解開，蘸著濃墨就在紙上寫，誰知藉著醉意，竟然寫出了一幅非常漂亮的草書！張旭酒醒後自己看到的時候，大為讚賞，都不敢相信是自己寫的！後來，他清醒的時候多次想再寫出相同水平的字，可是再也寫不出來了。由此可見，這個「張顛」也是「顛」出水平。

「四明狂客」和「張顛」一起，就湊成了一對老頑童。他們兩個人經常帶著僕人背著酒，在長安城裡到處逛，看見哪家的牆壁比較白，就在人家牆上寫字，有點像現在的塗鴉。不過，兩人都是大書法家，他們能在自家牆上寫字是人們求之不得的。所以，很多人家知道後，特意把牆刷得雪白，還在旁邊擺好下酒菜，恭候他們二人來「塗鴉」。

不過，和很多詩人一生潦倒不一樣，賀知章當了很大的官，加上他又是詩人和書法家，所以名聲傳遍天下，很多初出茅廬的年輕人都來拜訪他，希望得到他的引薦。

玄宗天寶元年（公元七四二年）的一天，八十多歲的賀知章家裡來了一個四十多歲的中年人。這個中年人此前拜訪過很多名家，希望得到他們的賞識，但是都沒有成功。這次來拜訪鼎鼎大名的賀知章老先生，中年人心裡有些惴惴不安。他先拿出一首自己不是很看好的作品〈烏棲曲〉，誰知賀知章一看就讚不絕口：「這首詩真可以泣鬼神了！」前輩的讚賞讓他惴惴的心放下一大半，於是又拿出自己的〈蜀道難〉給賀知章看，賀知章還沒看完，就稱讚數次，說：「你真是天上被貶謫下凡的仙人啊！」

這個四十多歲的中年人就是我們都熟知的大詩人李白，而李白被稱為「詩仙」，就是從賀知章開始的。從此，李白和大自己四十多歲的賀知章成了忘年交，他們經常一起遊玩、吟詩、喝酒。

據說有一次，賀知章去酒樓喝酒，出門之後才發現居然沒帶錢，於是他毫不猶豫地解下腰間繫的金龜交給店主換酒喝。唐代的金龜是三品以上高官才能佩戴的飾物，賀知章用來換酒，可謂狂到了極點。

後來，李白成為名滿天下的大詩人，可是最初欣賞他、稱讚他的賀知章已經去世了。李白喝酒的時候，想起自己與賀知章相識的情景，也想起了賀知章金龜換酒的瀟灑，於是寫下一首〈對酒憶賀監二首〉（賀知章曾任國子監四門博士，所以李白尊稱他賀監）：

〈對酒憶賀監二首〉

四明有狂客，風流賀季真。
長安一相見，呼我謫仙人。
昔好杯中物，翻為松下塵。
金龜換酒處，卻憶淚沾巾。
狂客歸四明，山陰道士迎。
敕賜鏡湖水，為君臺沼榮。
人亡餘故宅，空有荷花生。
念此杳如夢，淒然傷我情。

李白當然是唐代最偉大的詩人，但是，如果沒有賀知章，李白很可能會不為人知、默默無聞地度過一生。所以，如果說李白是千里馬的話，賀知章就是伯樂了，千里馬可貴，伯樂更可貴，你覺得呢？

賀知章的詩除了〈詠柳〉之外，另外的〈回鄉偶書〉也是後人所熟知的佳作！

玄宗天寶三年（公元七四四年），八十六歲的賀知章得了一場病，在夢裡，他到了天帝的居所。醒來之後，他上表玄宗，請求辭官回鄉當道士。唐玄宗答應了他的請求，並為他修建一座道觀，起名「千秋觀」。賀知章離開京城的時候，皇帝還命令百官在城外設帳、賦詩為他餞行。

這位前朝廷大員回到家鄉的時候，並沒有跟別的官員一樣，前呼後擁、盛氣凌人，而是像普通人回家一樣，還會逗弄村中小孩。面對這鬚髮蒼蒼的老爺爺，兒童們也不怕生，居然笑嘻嘻地問他自何而來。八十六歲老人的心，和垂髫孩童的心一樣澄澈、一樣純真、一樣美麗。大概只有賀知章才會這樣吧！

〈回鄉偶書二首〉

少小離家老大回，鄉音無改鬢毛衰。
兒童相見不相識，笑問客從何處來。
離別家鄉歲月多，近來人事半消磨。
唯有門前鏡湖水，春風不改舊時波。

詩人們都追求著怎樣的世外桃源呢？

——桃花盡日隨流水，洞在清溪何處邊

前面講到賀知章的朋友張旭，就是那個喝醉酒用自己頭髮蘸墨寫字的「張顛」，不僅是個書法家，和賀知章一樣，他也是一位著名詩人。不過由於時代久遠，他流傳下來的詩不多，其中比較著名的就有這一首〈桃花溪〉：

〈桃花溪〉

隱隱飛橋隔野煙，石磯西畔問漁船。
桃花盡日隨流水，洞在清溪何處邊。

這首詩其實與一個著名的故事有關，你知道是什麼故事嗎？

東晉詩人陶淵明寫過一篇文章叫〈桃花源記〉，在這篇文章裡他講述了一個有趣的故事：

晉朝太元年間，武陵地方有一個靠捕魚為生的人。有一次捕魚的時候，他突然到了一個地方，岸邊是一片美麗的桃花林，沒有一棵其他的樹。此時桃花盛開，片片花瓣飄落在樹下的草地上，有些還飄落在水裡，漂亮極了。捕魚人從來沒到過這地方，十分驚訝，於是他划著船逆著溪水而上，希望找到桃花林的邊界。

終於，他划到小溪的發源地，這裡也是桃花林的盡頭。他看見溪水發源處有一座山，山上有一個洞，洞裡彷彿有亮光透出來。捕魚人更好奇了。他從船上下來，爬上山，鑽進山洞。開始的時候洞很窄，僅能容納一個人，不久就越來越寬，到後來豁然開朗。他走出山洞，看到一個美麗而奇異的世界：這裡有綠油油的田地、星羅棋布的屋舍、縱橫交錯的道路，還有很多快樂的人。

這裡的人看到捕魚人非常驚訝，問他從哪裡來。捕魚人告訴他們，並問這是什麼地方。這裡的人告訴捕魚人，他們的祖先為了躲避秦朝戰亂來到這個地方，從此與世隔絕，外界的一切事情他們都不知道。但他們在這裡的生活是平靜而快樂的。

這裡的人很好客，紛紛邀請捕魚人到自己家做客，還準備豐盛的酒菜款待他。

不久，捕魚人想回家了，這裡的人為他送行，並且告誡他說，不要把這裡的事情告訴外人。可是，捕魚人並不講信用，他在出去的路上做了各種標記，出去之後就把這件事告訴官府。官府於是就讓捕魚人帶路，去尋找這個地方，可是捕魚人再也找不到當時的路。後來一些品行高尚的人也希望找到這裡，但是也沒有一個人能夠如願。

這就是著名的「世外桃源」的故事。從那以後，世外桃源也就指傳說中與世隔絕、安詳寧靜的樂土。後來，也有很多詩人寫詩表達自己對世外桃源的嚮往。

張旭這首詩寫的就是想像自己去尋找世外桃源的情景。

水面上浮著的那層若隱若現的輕煙，給小溪罩上一層神祕色彩。溪水上漂浮著無數美麗的桃花瓣。我在石磯的西邊看到一艘漁船，於是我問漁人：請問你知道陶淵明說的那個通往世外桃源的洞在哪裡嗎？

詩中沒有寫漁人的回答，也許，很久以前，人們就再也找不到進入桃源的路了。但是這並不能阻止人們對桃源的嚮往。如果現實中的世外桃源不存在，那麼，它一定存在於我們的心裡，只有我們自己才能夠找到吧。

張旭流傳下來的詩並不多，但大多是精品，比如這首〈山中留客〉就傳誦千古！

〈山中留客〉

山光物態弄春暉，莫為輕陰便擬歸。
縱使晴明無雨色，入雲深處亦沾衣。

王維考上狀元是有「黑箱作業」的內幕？

——獨在異鄉為異客，每逢佳節倍思親

唐代詩人誰最有名？這個問題如果讓現代人回答，很可能是李白，但如果讓唐代人回答，他們的答案很可能是王維。王維在當時為什麼那麼有名？

首先，他出身高門大族。王維，字摩詰，出自太原王氏。太原王氏、清河／博陵崔氏、范陽盧氏、隴西李氏、滎陽鄭氏，合稱天下五大望族，從南北朝開始就聲勢顯赫，而王維更是王氏大家族中著名的天才。

其次，王維多才多藝。他不僅是詩人，還是畫家、音樂家，做的官也比李白大。他曾做到尚書右丞，而李白只不過當了一個翰林供奉，還沒有善始善終。

最後，王維是進士出身，而李白沒有參加過科舉。唐代的科舉有兩個基本科目：一個是

進士科，另一個是明經科。進士科考試難度很大，明經科相對來說就簡單一些。當時流傳這麼一句話，「三十老明經，五十少進士」，意思是三十歲考上明經就太老了，而五十歲考上進士都算年輕。可見進士科之難考。其難度遠遠在今天考北大、清華甚至哈佛、牛津之上。

而王維考中進士時是多大呢？

二十歲！

不僅如此，他還考中進士的「解頭」（唐代對狀元的稱呼）！用現在的觀點來看，王維真是不折不扣的超級學霸了。王維的確天資聰穎，他九歲就能寫文章，十七歲時就寫出了傳誦千古的名篇〈九月九日憶山東兄弟〉：

〈九月九日憶山東兄弟〉

獨在異鄉為異客，每逢佳節倍思親。
遙知兄弟登高處，遍插茱萸少一人。

不過先別急著為學霸王維歡呼，因為他這個狀元並不是考上的，而是考試之前就內定的，這是怎麼回事呢？

科舉制度是隋朝時誕生的，這種制度的優越性是第一次完全以考生的才學為標準選擇人才，這對國家選擇有用之才產生很大的作用。但是隋朝存在的時間很短，很快唐朝就建立了，而這時的科舉制度發展得還不是很完善。當時流行一種做法，就是考生在考前到處去拜訪達官貴人、文壇領袖，向他們展示自己的得意之作，希望得到他們的賞識，更希望他們能把自己推薦給主考官，這就是所謂的「行卷」和「溫卷」。唐朝幾乎所有的考生都做過行卷和溫卷的事。

而要讓行卷和溫卷真正發揮作用，認識達官貴人就相當重要。王維因為他的才華，很早就得到了當時的岐王和薛王的賞識，但是他們的勢力還不足以影響科舉考試，因此，王維第一次科舉考試以落榜告終。轉眼間，又一次科舉考試即將開始。

據說當時有一個叫張九皋的人走通了玄宗皇帝的親妹妹——權勢極大的玉真公主的門路，已經被內定為當年進士的「解頭」。岐王想幫助王維，但是苦於權勢太小，無法與玉真公主抗衡，於是就囑咐王維新作一首淒切的琵琶曲，再帶上以前作得比較好的詩，以伶人的身分和自己一起去參加玉真公主的宴會。

在宴會上，岐王讓王維獨奏新曲，哀婉淒切，滿座為之動容。玉真公主問：「這是什麼曲子？」王維回答：「這是臣新近作的曲子，叫〈鬱輪袍〉。」公主十分驚奇，非常高興。

岐王趁機說：「此人不但音樂出眾，詞學更是無人能及。」公主更感驚異，問王維是否帶了作品，王維從懷中取出準備好的詩卷奉上，公主看後大驚：「這些詩都是我平時喜歡吟誦的，原本一直以為是古人所作，想不到竟是你寫的！」於是讓王維更衣升座，不再在伶人之列。

席上，王維風流蘊藉，應對風趣，大為賓客讚賞。岐王又說：「如果今年的進士能以此人為解頭，那可真是國家的榮光啊！」玉真公主滿口答應：「叫他應舉就是了，我當全力薦他。」於是，原來內定的張九皋被淘汰，王維成為狀元。

用現在的觀念看，王維當上狀元似乎有「黑箱操作」的嫌疑，但是在科舉制度還不完善的唐代，這種做法是國家允許的。再說，如果王維沒有真才實學，岐王和玉真公主也不可能推薦他，所以王維成為狀元，的確也是實至名歸。

唐詩小帖

唐代科舉中的行卷和溫卷究竟是什麼？

唐代科舉考試之前，考生們紛紛把自己平時所作的詩文投獻給達官貴人、文壇領袖，讓他們瞭解自己在詩賦、議論、史才方面的才能，這叫「行卷」；幾天之後，考生再把自己的作品投獻給這些貴人，用來提醒他們注意自己、關心自己，這叫「溫卷」。這種做法是當時的法律允許的，幾乎所有的考生都做過行卷和溫卷的事，也留下了不少佳話，除了王維之外，著名的例子還有白居易、杜牧、朱慶餘等。

爲什麼古人在重陽節要佩戴茱萸？茱萸是什麼東西？

——九月九日望鄉臺，他席他鄉送客杯

前面我們講過，王維年少的時候以詩歌聞名，十七歲時就寫出著名的〈九月九日憶山東兄弟〉，這首七言絕句從誕生的那天開始，就成為中國人表達節日思親之情最好的詩。

這首詩是寫獨自在外的人在重陽節思念家人，那麼重陽節為什麼叫重陽節呢？

重陽節是每年農曆的九月九日，在中國傳統文化中，九是最大的數，同時又是陽數，九月九日這一天，兩個最大的陽數碰在一起，所以就稱為「重陽」了。同時，九和久又同音，所以，人們認為慶祝這個節日能夠讓親友健康長壽。

慶祝重陽節的習俗戰國的時候就有了。不過重陽節被正式定為法定節日還是在唐代。據史料記載，當時的人們在重陽節的時候流行喝菊花酒、登高，而最著名的一個習俗就是佩戴

茱萸。

茱萸是一種植物，它的莖、葉都可以入藥。重陽節佩戴茱萸據說跟一個傳說有關。東漢的時候，汝南有一個叫桓景的人，跟著師父費長房學道多年。有一天，師父對桓景說：「你家九月九日會有大災難！」桓景十分恐懼，急忙問師父可有解難之法。費長房告訴他：「到這一天，你們全家人都要離開家，每個人做一個紅色的布囊，裡面裝上茱萸，拴在手臂上，然後登到高處去飲菊花酒，這樣才能消除禍患。」九月九日這天，桓景按照師父的教導，讓全家佩戴好茱萸，一起登山飲菊花酒。晚上回來的時候，他們發現家裡的雞犬牛羊都莫名其妙地死了。費長房聽了之後說：「牠們是代替你們家人死的啊。」從此以後，人們便都在重陽這一天佩戴茱萸、登高飲菊花酒。

當然，這只是一個傳說。其實，古人更願意把重陽節作為一個親朋歡聚、舉家出遊的機會。秋天本來就是收穫的季節，忙碌大半年的人們，眼看著付出的辛勞就要獲得回報，心情自然愉悅，而此時全家人一起出遊，也算是慶祝豐收、犒勞自己吧。

所以我們就明白，重陽節是古人們一家團聚的一個重要節日。而這一天不在家裡的人，當然就感覺格外寂寞，對家中親人當然也就格外思念了。

古人關於重陽節的詩句很多，你能舉出幾個呢？

待到重陽日，還來就菊花。——孟浩然〈過故人莊〉

佳節又重陽，玉枕紗廚，半夜涼初透。——李清照〈醉花陰〉

滿園花菊鬱金黃，中有孤叢色似霜。——白居易〈重陽席上賦白菊〉

江涵秋影雁初飛，與客攜壺上翠微。塵世難逢開口笑，菊花須插滿頭歸。——杜牧〈九日齊山登高〉

昨日登高罷，今朝更舉觴。菊花何太苦，遭此兩重陽。——李白〈九月十日即事〉

萬里悲秋常作客，百年多病獨登臺。——杜甫〈登高〉

九月九日望鄉臺，他席他鄉送客杯。人情已厭南中苦，鴻雁那從北地來？——王勃〈蜀中九日〉

王維的哪首詩救了自己一命？

——秋槐葉落空宮裡，凝碧池頭奏管弦

王維考上狀元之後被授予太樂丞的官職。這個官職的任務就是管理皇家樂隊。後來他又當過濟州司戶參軍、左拾遺、監察御史。當時的人們誰都不知道，一場巨大的災禍正在慢慢臨近。這場災禍將會改變所有人的命運，甚至會改變正如日中天的大唐王朝的命運。

這場災禍就是安史之亂。

玄宗天寶十四年（公元七五五年），時任范陽（今北京）節度使的安祿山率領軍隊發動叛亂，叛軍由北向南，橫掃整個中原地區。唐玄宗根本沒有料到安祿山會發動叛亂，所以準備得很不充分。第二年六月，叛軍攻陷了潼關，幾萬官兵戰死沙場。唐玄宗帶著楊國忠、楊貴妃倉皇出逃，卻把絕大部分朝廷官員拋棄在身後，其中就有王維。

當時，王維的名氣已經很大，所以安祿山希望他能投降自己，但是王維服下一種藥，假裝說不出話成了啞巴。可就算這樣，安祿山也沒有放過他，而是把他拘禁在一座寺院裡面，強行授予他叛軍政府的官職。

一天，安祿山和他的嘍囉們在洛陽皇宮的凝碧池舉行宴會，逼著王維也參加。宴會上伴奏的樂師都是以前玄宗時候的宮廷樂師，大家想起不久前還在為玄宗皇帝演奏，現在卻要為叛賊演奏，都暗自掉淚。其中一個叫雷海青的樂師性格十分剛烈，堅決不願為安祿山演奏，結果被叛軍殺害。目睹這一切的王維無法抑制內心的悲痛，偷偷寫下一首詩：

〈凝碧池〉

萬戶傷心生野煙，百僚何日更朝天。
秋槐葉落空宮裡，凝碧池頭奏管弦。

這首詩說，現在的京城一片荒涼，百姓內心都無比悲痛，升起的炊煙都好像是野外的烽煙，百官更是不知道什麼時候才能再見到皇帝。秋天到了，槐樹的葉子落在空蕩蕩的皇宮裡，凝碧池邊，叛賊竟在興高采烈地宴飲作樂。

長安被叛軍占領兩年後，官軍收復了這座已經殘破不堪的都城，不久，洛陽也被官軍收復了。而王維他們明明是被皇帝拋棄，但是由於被安祿山授予叛軍的官位，所以都被判處有罪，關進監獄。

按照當時的法律，王維是要被判死刑的，正在這個時候，有人拿出了王維寫的這首〈凝碧池〉，證明王維雖然被迫接受叛軍的官職，但內心還是忠於朝廷。再加上他的弟弟——後來擔任宰相的王縉請求削去自己的官職為哥哥贖罪，因此，王維最終被皇帝赦免了，只是被降官職，擔任太子中允。不過此時的王維對官場已經失去了興趣，他的後半生基本上是在半官半隱中度過的。也正因為如此，他才能為我們留下無數的山水詩，其中很多都是我們今天耳熟能詳的名篇。

安史之亂對唐朝有什麼樣的影響呢？

唐玄宗李隆基在執政的前期勵精圖治、勤於政事，再加上姚崇、宋璟等名相的輔佐，政治是比較清明的。這一段歷史後來被稱為「開元盛世」。但是唐玄宗到了後期，開始驕傲自滿、貪圖享樂、不思進取，又任用李林甫、楊國忠等人當宰相，政治漸漸走向昏庸。天寶十四年（公元七五五年），范陽節度使安祿山發動叛亂，橫掃大唐王朝，唐玄宗倉皇逃往成都。安祿山死後，他的部將史思明繼續叛亂。這場叛亂持續了將近八年，直到公元七六三年二月才被朝廷平定，史稱「安史之亂」。安史之亂是唐朝由盛轉衰的轉折點。

詩詞小地理

洛陽

——誰家玉笛暗飛聲，散入春風滿洛城。

我們都知道唐朝的都城是長安，但唐朝其實有兩個都城，長安是西都，東都則是洛陽。唐高宗的時候定洛陽為東都，武則天即位之後，改國號為周，正式定都洛陽。唐玄宗也長期居住在洛陽。所以，洛陽也是唐朝重要的政治和文化中心。故而，也有很多詩人留下關於洛陽的詩篇。

誰家玉笛暗飛聲，散入春風滿洛城。——李白〈春夜洛城聞笛〉

洛陽地脈花最宜，牡丹尤為天下奇。——歐陽修〈洛陽牡丹圖〉
洛陽城裡春光好，洛陽才子他鄉老。——韋莊〈菩薩蠻．洛陽城裡春光好〉
禾黍離離半野蒿，昔人城此豈知勞？——許渾〈登洛陽故城〉
洛陽女兒對門居，纔可顏容十五餘。——王維〈洛陽女兒行〉
石勒童年有戰機，洛陽長嘯倚門時。——胡曾〈洛陽詠古〉（一作司空圖詩）
平生白雲志，早愛赤松遊。——陳子昂〈答洛陽主人〉
文爭武戰就神功，時似開元天寶中。——杜牧〈洛陽〉
曾是洛陽花下客，野芳雖晚不須嗟。——歐陽修〈戲答元珍〉
洛陽親友如相問，一片冰心在玉壺。——王昌齡〈芙蓉樓送辛漸〉
水南冠蓋地，城東桃李園。——白居易〈洛陽春贈劉李二賓客〉

爲什麼蘇軾稱讚王維「詩中有畫，畫中有詩」？

——明月松間照，清泉石上流

前面我們說過，王維多才多藝，不僅是著名的詩人，還是技藝高超的音樂家。

王維的音樂天賦讓人驚異，據說曾經有人給他看過一幅描繪樂工演奏的畫，他一看就說：「這是在演奏〈霓裳羽衣曲〉，已經演奏到第三疊第一拍。」那人不信，於是找個樂隊來演奏〈霓裳羽衣曲〉，當奏到第三疊第一拍的時候叫樂工停止，與畫一一對照，竟然分毫不差，大家佩服得不得了。除了詩人和音樂家這兩個身分，王維還是一位偉大的畫家。

王維開創了中國水墨畫的先河，可以說，唐朝之後中國所有的文人畫，都受到了王維的影響。除此之外，王維還把詩與繪畫結合起來，將詩意注入繪畫中，同時也使自己的詩歌更具有畫面感。王維說自己「中年頗好道，萬事不關心」，安史之亂險些給他帶來殺身之禍，

更令他對官場心灰意冷。中年之後，他大多數時間都居住在自己的輞川別墅，沒事的時候，就在別墅裡唸經，心情好的時候，就外出散步，「行到水窮處，坐看雲起時」。

一個秋天的傍晚，剛剛下過雨，雨水把整個山林洗得更加乾淨。月亮升起來，月光透過松樹的縫隙照到地面上，清泉從石頭上流過，潺潺的水聲更增添了山林的幽靜。王維漫步在這如畫的風景中，隔著竹林，聽見了洗衣服的女孩們相伴回家嘰嘰喳喳的笑聲。池塘裡高高的荷葉被撥動，他知道那是漁船正穿梭在荷塘裡。秋天的景色如此美麗，一點也不亞於春天。王維想：春天的花兒凋謝了，那是自然規律，不必去惋惜，這樣美麗的秋景，同樣也是大自然賞賜給我們的禮物。如果朋友們願意，那就在這美麗的山林裡留下來吧。

〈山居秋暝〉

空山新雨後，天氣晚來秋。明月松間照，清泉石上流。
竹喧歸浣女，蓮動下漁舟。隨意春芳歇，王孫自可留。

就這麼短短幾句詩，王維就描繪出如此多的畫面：雨後空山、清秋晚景、松林月光、石上清泉、浣女歸家、漁舟唱晚，最後一句總結告訴我們四季都是自然規律，並非只有春天才是美麗的，每種景色都有讓人流連忘返的魅力，都值得熱愛、珍惜。如此有畫面感的詩，難怪蘇軾稱讚王維（字摩詰）：「味摩詰之詩，詩中有畫；觀摩詰之畫，畫中有詩。」

唐詩小帖

稱讚王維的蘇軾也是個大才子！

蘇軾稱讚王維「詩中有畫，畫中有詩」，其實蘇軾也是一位大才子呢。眾所周知，他是「唐宋八大家」之一，還是一位著名的詩人，更是一位偉大的詞人，他開創了豪放詞派，大大地擴展了宋詞的表現領域。他還是一位偉大的書法家，宋代四大書法家「蘇黃米蔡」，蘇軾排名第一。他甚至還是一位美食家，發明了不少好吃的菜，比如他發明的「東坡肉」、「東坡魚」，至今還是人們喜歡的美食。你吃過嗎？

古人離別的時候最喜歡唱哪一首詩？

——勸君更盡一杯酒，西出陽關無故人

與親朋好友離別是每個人都不願意、卻又都可能會面對的一件事。南朝文學家江淹曾經寫過一篇〈別賦〉，專門抒發與親友離別時的情感，開頭是這樣的：

> 黯然銷魂者，唯別而已矣！況秦吳兮絕國，復燕趙兮千里。或春苔兮始生，乍秋風兮蹔起。是以行子腸斷，百感悽惻。風蕭蕭而異響，雲漫漫而奇色。舟凝滯於水濱，車逶遲於山側。櫂容與而詎前，馬寒鳴而不息。

這段話的意思是：最讓人黯然傷魂的事情，恐怕就只有與親友離別吧！有時候他要從秦國（今陝西）走到遙遠的吳國（今浙江），或者從燕國（今河北）走到千里之外的趙國（今山西）。（離別的時候）春天的青苔剛剛出現，很快就到了秋風吹起的時節。所以，遠行的

人難受得像腸子斷了一樣，各種感情交織在心裡，難以說出。風呼呼地颳著，迷茫的雲顯出奇異的顏色，船兒好像也不想離開，在水邊凝滯，車也在山邊猶豫不前。船槳像遠行人的心一樣，不想離開，馬兒也在不停哀鳴著，不願踏上征程。

前面講過王勃的〈送杜少府之任蜀州〉，那首送別詩以雄渾的氣勢和壯闊的情懷著稱於世，是一首不朽的千古名詩。但是絕大多數人在離別時內心還是滿懷淒涼與留戀，因此，古人送別很少會唱起王勃的那首詩。那麼古人送別時最喜歡唱的是哪一首詩（歌）呢？

唐代詩人陳陶曾在詩裡說「唱著右丞征戍詞」，李商隱也有「斷腸聲裡唱陽關」的詩句。其實他們說的是同一首詩，就是王維的〈送元二使安西〉。安西指的是安西都護府，是唐代設立來管理西域的機構，管理範圍包括現在的新疆、哈薩克斯坦中部和東南部、吉爾吉斯全部等中亞的大片地區。即使是今天，從西安坐飛機過去都要十多個小時，而在沒有飛機、火車的唐代，出使到這樣遠的地方，差不多等於天涯海角了。

一個春天的早晨，王維在旅店裡擺酒設宴，送別馬上要出使安西的朋友元二。頭一天晚上剛下過一場春雨，雨水淋濕了地面。雨後的旅店彷彿也變得可愛了一些，嫩綠的柳條經過這一場雨顯得更加美麗。但是，王維和朋友都無心欣賞春雨後的美景。馬上要離別了，這一別，恐怕就是千里萬里之遠，重逢更是遙遙無期。王維不知道怎麼表達自己的依依惜別之情，只好端起酒杯，對朋友說：「請乾了這杯酒吧，因為你向西走出陽關，那裡便再也沒有以前的好朋友了。」

〈送元二使安西〉

渭城朝雨浥輕塵，客舍青青柳色新。
勸君更盡一杯酒，西出陽關無故人。

這首送別詩一出來就受到廣泛的歡迎。當時就有人給這首詩譜上了曲，廣為傳唱。因為這首詩裡有「渭城」這個地名，所以這首歌也叫〈渭城曲〉。又因為裡面有「陽關」這個詞，再加上當時人們歌唱的時候，為表達依依不捨的心情，通常要連續唱三遍（三疊），所以這首歌的另一個名字就叫〈陽關三疊〉。

到了宋代，〈陽關三疊〉的曲譜失傳，人們便根據一首琴歌對其進行改編，一直流傳到現在。後來中國音樂家王震亞把它改編成合唱曲，現在都還有很多合唱團在演唱這首由王維的詩改編而成的歌。所以，〈送元二使安西〉可算得上是中國最著名的一首離別歌。

現在的〈陽關三疊〉是怎樣的內容？

現在的〈陽關三疊〉以王維的詩為藍本，為了增強惜別的情緒，又加入一些詞句，比較通行的歌詞是這樣：

〈陽關三疊〉

清和節當春，渭城朝雨浥輕塵，客舍青青柳色新，勸君更盡一杯酒，西出陽關無故人。霜夜與霜晨，遄行，遄行，長途越渡關津，惆悵役此身。
歷苦辛，歷苦辛，歷歷苦辛，宜自珍，宜自珍。
渭城朝雨浥輕塵，客舍青青柳色新，勸君更盡一杯酒，西出陽關無故人。
依依顧戀不忍離，淚滴沾巾！無復相輔仁，感懷，感懷，思君十二時辰。
商參各一垠。誰相因，誰相因，誰可相因？日馳神，日馳神。
渭城朝雨浥輕塵，客舍青青柳色新，勸君更盡一杯酒，西出陽關無故人。
芳草遍如茵。旨酒，旨酒，未飲心已先醇。載馳駰，載馳駰。何日言旋軒轔？
能酌幾多巡，千巡有盡，寸衷難泯。無窮的傷悲，楚天湘水隔遠濱。
期早托鴻鱗，尺素申，尺素申，尺素頻申，如相親，如相親。
噫！從今一別，兩地相思入夢頻。聞雁來賓。
噫！從今一別，兩地相思入夢頻。聞雁來賓。

誰是唐代詩人中的宅男之首？好不容易出遠門的他卻遇上什麼悲慘事？

——故人西辭黃鶴樓，煙花三月下揚州

大唐王朝是一個自信開放的朝代，疆域也十分遼闊，全盛的時候，國土面積達到一千兩百三十七萬平方公里，遠超過我們今天的九百六十萬平方公里。或許正因為如此，大多數唐代詩人都是很厲害的旅行家，他們的足跡幾乎遍布整個大唐疆域。

比如，李白生長在四川，但是他一生遊歷了陝西、湖南、湖北、江西、安徽、浙江、江蘇、山東等地；杜甫出生在河南，但是他也遊歷過山東、江蘇、安徽、湖南、湖北、四川等地。而像岑參這樣的邊塞詩人，更是走出玉門關，到達遙遠的西域。這些詩人旅行家，一手拿筆，一手握劍，說走就走。他們壯遊天下、飽覽河山，為我們留下無數美麗的詩篇。

可是，萬事總有意外，有這麼一位詩人，他五十多歲的一生，絕大多數時間都沒離開過

自己的故鄉襄陽，只有在四十歲的時候到長安考過一次進士，結果沒考上，於是他就到吳越去遊玩幾年，然後又回到襄陽，一直到去世。比起那些詩人旅行家，完全可以算是宅男了。

他就是孟浩然。

孟浩然，名浩，字浩然，但是大家都更習慣稱他的字，這在古代叫「以字行」。孟浩然出生在襄陽，這裡的青山秀水陪伴著他成長，他用自己的詩歌去描繪這些美麗的山水，所以，他也是唐代著名的山水田園詩人，與王維齊名，後代合稱「王孟」。

也許是故鄉的山水太過美麗，也許是田園生活太過悠閒，孟浩然從出生到四十歲就沒有離開過這裡。到了四十歲的時候，他突然想自己應該去京城考一下進士。前面我們說過，唐代的進士科考試前，考生們要去拜訪達官貴人，請他們引薦。孟浩然想，自己認識哪些達官貴人呢？然後他就想到了一個人——王維。

於是，孟浩然整理好行裝，興沖沖來到京城，找到了王維。王維看見好朋友來，十分高興，就留他在自己家喝酒，談論詩歌。這一天晚上，兩個人正談得起勁，突然僕人傳報：皇上駕到！當時的皇帝就是唐玄宗李隆基。皇帝的突然到訪讓王維措手不及，孟浩然更是慌了手腳。情急之下，王維就讓孟浩然躲在床底下。唐玄宗進來之後，王維又不敢隱瞞，只好稟告皇帝，說他的朋友孟浩然來訪，不知道皇上駕到，來不及躲避，現在就趴在床下呢。皇帝一聽，很高興地說：孟浩然我知道啊，他的詩寫得很好，請他出來見駕吧！

孟浩然從床底下出來後，唐玄宗說：我早就聽說你的詩名，你把你最近寫的詩給我唸一下吧。於是孟浩然就開始給皇帝朗誦自己寫的詩。誰知道他唸到自己一首題為〈歲暮歸南山〉的詩時，皇帝不高興了。因為這首詩裡有兩句「不才明主棄，多病故人疏」，意思是我沒有什麼才能，所以皇帝不要我；我又老又多病，總是拖累別人，所以朋友也跟我疏遠了。

皇帝很不滿地說：「你自己不來找朕求官，卻說朕不要你，這不是誣陷朕嗎？」

據說就是因為這個，孟浩然才沒有考上進士。

落榜的孟浩然十分鬱悶，他覺得無顏回故鄉，於是想先到吳越（今浙江、江蘇一帶）去散散心。特別是江蘇的揚州，那可是當時唐王朝最繁華的城市，素有「揚一益二」的說法（「益」指的是益州，今天的成都）。

孟浩然從長安一路走到湖北武漢的黃鶴樓，然後準備乘船東下。孟浩然雖然是個宅男，但是他的朋友卻遍及天下，其中很多都是著名的詩人，如王維、李白、王昌齡、杜甫等。所以，當他要離開黃鶴樓去揚州的時候，就有一位朋友為送別他寫了一首詩，而這首詩也成為千古名詩。這位朋友就是李白，這首詩就是〈黃鶴樓送孟浩然之廣陵〉：

〈黃鶴樓送孟浩然之廣陵〉

故人西辭黃鶴樓，
煙花三月下揚州。
孤帆遠影碧空盡，
唯見長江天際流。

宅男孟浩然雖然一輩子都沒能考上進士，但是他有這麼多詩人朋友，得到他們的幫助與關心，應該也是沒有遺憾。

唐詩小帖

揚州是唐代著名的大都市，有哪些文化名人與揚州有關係？

揚州，位於江蘇東部、長江與京杭大運河交匯處，古稱廣陵、江都、維揚，建城歷史可以上溯到公元前四八六年。唐代時，揚州是非常繁華的大都市，被稱為「淮南第一州」。而且揚州還是一座歷史文化名城，與很多文化名人有緊密的聯繫，如宋代著名詞人秦觀就是揚州高郵人；唐代著名詩人、被稱為「孤篇橫絕盛唐」的〈春江花月夜〉作者張若虛也是揚州人；唐代詩人白居易在揚州為官多年；晚唐詩人杜牧更是在揚州為官十年，留下無數美妙的詩篇；宋代著名文學家、「唐宋八大家」之一的歐陽修也在揚州為官多年，至今揚州還有他主持修建的平山堂；歐陽修的學生——宋代大文豪蘇軾也曾在揚州為官，還主持修建了谷林堂。後代的石濤、鄭板橋、汪中、汪曾祺、朱自清等都跟揚州有解不開的聯繫。

孟浩然的〈春曉〉爲何能成爲最有名的詩？

——春眠不覺曉，處處聞啼鳥

中國是一個詩歌的國度。

中國的詩歌源遠流長，先秦的時候，就出現了第一部詩歌總集《詩經》。戰國時，楚國的愛國詩人屈原又創造了一種新的詩歌體裁——楚辭。從這以後，每個朝代都擁有具有自己代表特色的詩歌，比如漢魏有樂府詩、南北朝有山水田園詩、唐代有唐詩、宋代有宋詞、元代有元曲……

孔子曾說：「不學詩，無以言。」在儒家的五部主要經典《詩經》、《尚書》、《禮記》、《易經》、《春秋》中，《詩經》也排在第一位，可見古人對詩歌教育是十分重視的。

正由於中國自古以來就有詩教的傳統，所以很多孩子第一次接觸詩歌往往不是來自學校

教育，而是自己的第一任老師——父母的啟蒙。

比如下面這首大家都十分熟悉的詩：

〈**春曉**〉

春眠不覺曉，處處聞啼鳥。
夜來風雨聲，花落知多少。

這首詩之所以成為很多父母給孩子講的第一首詩，原因有兩個：第一，它沒有高深的詞語，沒有晦澀的典故，沒有文人的學究氣，孩子很容易理解。

詩人在一個春天的早晨醒來，陽光已經透過窗戶，照進了房間，婉轉的鳥鳴用大自然的語言告訴詩人，這是一個萬物萌發、生機勃勃的季節。可是，詩人卻十分「不識時務」地想到：一夜風雨，大概有很多花被打落了吧？

第二，這個原因也許父母們自己也未必知道，那就是：從這首詩一開始，就在孩子的心中播種下善良的種子。

這是一首傷春詩。所謂傷春詩，指的是古代詩歌中感嘆春天短暫、美好易逝的一種詩。

傷春詩並不是自作多情，更不是無病呻吟，而是代表了一種很珍貴的情感——對美好的珍惜，對自然的熱愛。

中國歷史上的傷春詩很多，但最著名的可能就是這首了。

這首詩妙就妙在整首詩只有四句，卻形成了由快樂到悲惆、由閒適到沉思的轉換。更重要的是，作者的悲惆和沉思不是（至少不直接是）對自己命運的嗟嘆和感傷，不是對自己命運波折的埋怨，而是對「毫不相干」他者的同情，甚至，這裡同情的對象並不是人，而是一個那樣不起眼的事物，一棵草，或是一朵花。

因此，傷春詩最大的意義就在於它喚醒了我們心中一種很重要的品性：善良。

最偉大的詩人不僅有一般詩人擁有敏銳的詩歌嗅覺，更重要的是，他擁有一顆對淚水和疼痛最敏感的心，特別是對別人的淚水和疼痛的敏感。

〈春曉〉就是一首能夠感受到別人疼痛的詩，孟浩然自然就是那個能感受到別人疼痛的詩人。

詩歌史上的傷春詩詞很多，以下你熟知的有幾首？

知否知否？應是綠肥紅瘦。——李清照〈如夢令．昨夜雨疏風驟〉

花褪殘紅青杏小。燕子飛時，綠水人家繞。——蘇軾〈蝶戀花．花褪殘紅青杏小〉

流光容易把人拋，紅了櫻桃，綠了芭蕉。——蔣捷〈一剪梅．舟過吳江〉

青青一樹傷心色，曾入幾人離恨中。——白居易〈青門柳〉

春風不相識，何事入羅幃？——李白〈春思〉

惜春長怕花開早，何況落紅無數。——辛棄疾〈摸魚兒．更能消〉

春歸何處？寂寞無行路。——黃庭堅〈清平樂．春歸何處〉

花謝花飛飛滿天，紅消香斷有誰憐。——曹雪芹〈葬花吟〉

詩詞小地理

襄陽

——江流天地外，山色有無中

孟浩然的家鄉襄陽，也是中國的一座歷史文化名城。早在春秋時期，這裡就有鄧國、盧國、谷國、厲國、隨國等多個諸侯國的城池。後來，楚國滅掉這些諸侯國。西漢初年，這裡設置了襄陽縣。襄陽位於長江中游，水陸交通要道，自古便是兵家必爭之地。古代的詩人們要漫遊天下，很多都要經過襄陽，因此，也留下了很多關於襄陽的詩詞。

落日欲沒峴山西，倒著接䍦花下迷。——李白〈襄陽歌〉

控帶荊門遠，飄浮漢水長。——韓愈〈送李尚書赴襄陽八韻得長字〉

旅客三秋至，層城四望開。——杜審言〈登襄陽城〉

信馬騰騰觸處行，春風相引與詩情。——皮日休〈襄州春遊〉

誰言襄陽野，生此萬乘師。——蘇軾〈隆中〉

孔明方微時，息駕隆中田。——曾鞏〈隆中〉

楚塞三湘接，荊門九派通。江流天地外，山色有無中。——王維〈漢江臨泛〉

清思漢江上，涼憶峴山巔。——杜甫〈回棹詩〉

人事有代謝，往來成古今。江山留勝跡，我輩復登臨。——孟浩然〈與諸子登峴首〉

酒旗相望大堤頭，堤下連檣堤上樓。——劉禹錫〈堤上行三首（其一）〉

數聲翡翠背人去，一番芙蓉含日開。——皮日休〈習池晨起〉

在「旗亭畫壁」故事中，詩人們的比賽最後誰得勝？

——羌笛何須怨楊柳，春風不度玉門關

今天我們看到的古詩，在古代基本上都是配樂演唱的。換句話說，這些古詩其實都是古代歌曲的歌詞。

比如《詩經》分為風、雅、頌三個部分，其中「風」是當時的通俗流行音樂；「雅」是貴族宴飲時演奏的音樂；「頌」則是祭祀的音樂。到了漢代，朝廷還設置了專門整理詩歌的部門，名叫樂府，從這個名字就可以看出，當時的詩歌都是和音樂聯繫在一起。而在宋代達到高峰的宋詞也是配著音樂一起演唱的，當時的文人們創作詞都是根據音樂的特點，把相應的字詞填進去，所以寫詞也叫填詞。

唐詩自然也不例外，很多著名詩人的詩在當時就被廣泛傳唱，用現在的話來說，這些詩

人就是當時流行歌曲的詞作者。只不過唐代沒有電腦，也沒有照相機，所以人們只知道這些美妙的歌詞，卻很少認識詞作者。

唐玄宗開元年間的一個冬天，下著小雪。旗亭中來了三個人。這三個人舉止文雅、神采不凡，一看就很有學問。三個人剛剛來到亭子裡坐下，一群梨園伶官（唐朝對音樂家的稱呼）和四名美麗的歌姬就跟著走進來，進來之後，伶官們就忙著調試樂器，看樣子是要在旗亭裡演唱。

三人看到這種情景，其中一個就對另外兩個說：「我們三人都以寫詩出名，但是這麼多年也分不出誰是最好的。現在，這些伶官歌姬準備演唱，肯定會唱到我們的詩，我們來比賽：他們唱誰的詩最多，誰就是優勝者，怎麼樣？」兩個人都說：「王兄此言甚妙，那我們就靜靜觀賞等待吧。」很快，伶官們開始演奏，歌姬展開歌喉開始唱歌，唱的第一首是：

寒雨連江夜入吳，平明送客楚山孤。
洛陽親友如相問，一片冰心在玉壺。

剛才提議的詩人大喜說：「唱的是我的詩！我先得一分！」說著就在牆壁上畫了一道。

你一定知道這個人是誰。沒錯，他就是王昌齡。第二個歌姬開始演唱，她唱的是：

開篋淚沾臆，見君前日書。
夜臺今寂寞，猶是子雲居。

……

三人中另外一個人大喜，說：「她唱的是我的詩！我也得一分！」於是也拿筆在牆壁上畫了一道。這個人是誰呢？原來是高適。第三個歌姬登臺，她唱的是：

奉帚平明金殿開，且將團扇共徘徊。
玉顏不及寒鴉色，猶帶昭陽日影來。

王昌齡大喜說：「又唱了我的詩！我又得一分！」於是在牆壁上又重重地畫下一道。

這時候第三個人坐不住了——他還一分沒得呢！他假裝滿不在乎地說：「前面三個歌姬唱的都是不上檔次的詩，算不得什麼。你們看，那個最年輕漂亮的歌姬還沒演唱呢，我敢打賭，她一定會唱我的詩，不然，以後我再也不寫詩了。但是，她如果唱的是我的詩，你們兩個就得向我跪拜，尊我為師！」

說話間，最後一位歌姬上場了，三個人都凝神屏氣地聽著。歌姬開口唱出的是：

黃河遠上白雲間，一片孤城萬仞山。
羌笛何須怨楊柳，春風不度玉門關。

只見第三位詩人王之渙高聲大笑，對兩個朋友開玩笑說：「看吧，我說得不錯吧！你們兩個鄉巴佬，居然敢跟我作對！還不跪下叫老師！」三個人又笑又鬧，打成一團，鬧得正在表演的伶官和歌姬都進行不下去。一位年老的伶官過來，行了一個禮說：「三位公子，是我們表演太差嗎？你們為何在此笑鬧？」三人告訴老伶官各自的姓名，又說了他們剛才打賭的事情，老伶官恍然大悟，更欽佩之至：「我們經常演唱三位的大作，但是一直無緣相見，今天竟然全都見到了，實在榮幸！如果三位願意的話，請賞臉和我們一起飲酒唱歌，如何？」

於是三人加入伶官歌姬們的宴席，一起飲酒、唱歌，玩了一整天才回去。

這就是有名的「旗亭畫壁」的故事。

唐詩小帖

在「旗亭畫壁」的故事中，歌姬們演唱的是誰的哪些詩呢？

第一首詩是王昌齡的〈芙蓉樓送辛漸〉。
第二首詩是高適的〈哭單父梁九少府〉。
第三首詩是王昌齡的〈長信秋詞五首（其二）〉。
第四首詩是王之渙的〈涼州詞〉。

哪位詩人有個霸氣的外號「七絕聖手」、能寫出氣象萬千的邊塞詩？

——秦時明月漢時關，萬里長征人未還

在前面「旗亭畫壁」的故事中，雖然王之渙最後取得了勝利，但是四位歌姬中有兩位唱的都是王昌齡的詩，可見王昌齡的詩在當時就已經流傳很廣。

王昌齡的詩寫得很好，但是他的命運卻很不好，他一生當的官都很小，還經常被人誣陷說品德不好，所以他在〈芙蓉樓送辛漸〉一詩中滿懷委屈地為自己辯護：洛陽的親友如果問起我，你一定要告訴他們，我並不像有些人說的那樣，是個品德敗壞的人，我的節操就像玉壺裡面的冰心一樣，純潔無瑕（「洛陽親友如相問，一片冰心在玉壺」）。

雖然王昌齡遭到很多人誣陷，還經常被貶，但是他的朋友們從不理會這些謠言，一直相信他是一個品格高尚的人，也一直安慰鼓勵他。有一年王昌齡遭到誣陷，被貶為龍標縣尉，

他的好朋友李白知道後十分痛心，也十分牽掛，於是就寫了這首詩：

〈聞王昌齡左遷龍標遙有此寄〉

楊花落盡子規啼，聞道龍標過五溪。

我寄愁心與明月，隨風直到夜郎西。

春天過去，楊花落盡，子規鳥開始悲慘地啼叫。這時，我聽說你被貶為龍標縣尉的消息。龍標地處偏遠，要經過五溪，我無法陪你一起前往，只能把我掛念的心寄予明月，讓月光陪伴著你走向遙遠的天涯海角。

王昌齡的另一個好朋友，就是前面說的「宅男」孟浩然，也堅信自己的好朋友不會是壞人。後來，王昌齡從被貶之地回來，去看望孟浩然，在那之前孟浩然剛得一場大病，大夫囑咐他千萬不能喝酒。孟浩然開始還乖乖聽大夫的話，結果王昌齡一來看望自己，孟浩然就高興得什麼都忘了，又和王昌齡一起喝酒，結果舊病復發，很快去世了。不聽大夫的話當然不對，不過孟浩然也算是演出一場現實版的捨命陪君子。

王昌齡在世的時候名氣很大，有人稱他是「詩家夫子王江寧」，把他比作詩壇的孔子。

而他更有名的一個霸氣外號則是「七絕聖手」。

王昌齡的七言絕句寫得氣勢磅礴、雄渾壯闊，尤其是他的邊塞詩更是眼界開闊、氣象萬千，至今讀來仍然讓人詠歎不已。

〈出塞〉

秦時明月漢時關，萬里長征人未還。
但使龍城飛將在，不教胡馬度陰山。

這首詩裡，王昌齡想到中原從秦漢時代就開始與北方少數民族的戰爭，修建長城和眾多邊關要塞，無數的人踏上征程，卻再也沒有回來。而將領的無能更是增加人民的災難。要是漢代著名的飛將軍李廣還在世，他一定不會讓這麼多無辜的生命白白喪生在大漠疆場之上，他一定能制伏敵人，讓他們根本無法越過陰山，從而永保邊境的和平安寧。

而王昌齡在歌頌前線將士奮勇殺敵的豪情時這樣寫道：

〈從軍行〉

青海長雲暗雪山，孤城遙望玉門關。
黃沙百戰穿金甲，不破樓蘭終不還。

青海，對敵作戰的前線，天空中飄著大片大片的雲，陽光照下來，雲彩的影子投射在雪山上，雪山似乎都變得暗了一些。將士們駐守的孤城別說距離中原，就是距離荒涼的玉門關都很遠很遠。戰爭已經進行多年，黃沙把將士們金屬製的鎧甲都磨穿，但是，這都不會改變將士們報國的決心，不打垮樓蘭（漢代西域的一個國家），他們誓死不班師回朝！

王昌齡被稱作「七絕聖手」，什麼是絕句呢？

「絕」的意思是斷絕，「四句一絕」就是用四句詩來完成一個思想觀念，古人稱為「立一意」。五言的絕句簡稱五絕，七言的絕句簡稱七絕。

絕句也叫絕詩，是唐代流行起來的一種詩歌體裁，四句一首，短小精悍。施蟄存先生在《唐詩百話》中說：「遠在晉宋時代，詩人論詩，常常說：『二句一聯，四句一絕。』意思是說：每二句為一聯，不管對不對，只要每二句末協一個韻，就是一聯。每四句，即二聯二韻，就是一絕。絕句這個名稱，即起源於此。『聯』與『絕』是作詩的基本功，因此『聯絕』也就成了詩的代詞。劉宋時，吳邁遠愛作詩，宋武帝說他『聯絕之外無所解』，就是說他除了作詩之外，什麼都不懂。」

絕句雖然是從唐代流行起來，但是並不產生於唐代，專家們對其起源說法不一，但大多還是認為，絕句起源於齊梁，來源於漢代詩歌。

絕句發展到唐代，已經成為一種相當成熟的詩歌體裁，很多詩人用它來表情狀物、抒發感慨，留下了許多傳世之作。

古代詩人大多命運坎坷，但是盛唐卻有一個人例外，他是誰？

——莫愁前路無知己，天下誰人不識君

古人有句話說「詩窮而後工」，意思是詩人越是命運坎坷、窮困不得志，越是能寫出好詩。這句話似乎很有道理，司馬遷就說：《詩經》裡的詩篇，大多是聖賢們為抒發憂憤而寫出來的（「詩三百篇，大抵聖賢發憤之所為作也」）。而我們熟悉的唐代詩人們，身世也幾乎都是很坎坷的：王勃年少成名，但是後來犯了罪，甚至牽連老父親；王維二十歲考中進士科狀元，可是在安史之亂中卻被叛軍俘虜授官，後來差點因此喪命；王昌齡被稱為「七絕聖手」，卻一直被人誣陷，多次被貶，最後被一個殘暴的官員殺害；杜甫從小心懷大志，想報效國家，但是一生顛沛流離，最後死在湖南的一條船上……

但也不是沒有例外，盛唐就有這麼一位詩人，年輕的時候顛沛流離、無以為生，靠親友

接濟過日子，後來卻時來運轉、飛黃騰達，不僅當上將軍，最後還被封侯。

這個人就是高適。高適的父親曾經在廣東韶州（今廣東韶關）當官，高適小時候就跟著父親生活。後來父親去世，高適就靠親友接濟為生。但是，他也有大志向，希望長大能建功立業。於是他廣泛遊歷，結交了很多朋友，李白、杜甫、王之渙、王昌齡都是他的至交。

高適一直希望有朝一日能出人頭地，但是當時朝廷被權貴把持，他這樣出身低下的人是很難登上高位的。直到快五十歲的時候，他才因為參加一次臨時性的考試得中，被授予封丘縣縣尉這樣的小官。

唐代的縣尉經常做一些欺壓百姓、為虎作倀的事情，高適心裡覺得很難受，他說：讓我這樣高傲的人去跪拜迎接長官，這本就讓我心都碎了；現在上級又命令我去欺壓百姓、搜刮民脂民膏，這更讓我覺得悲哀（「拜迎長官心欲碎，鞭撻黎庶令人悲」）。一氣之下，高適便辭官不做。

後來，他遊歷到長安，擔任大將哥舒翰的幕僚。安史之亂爆發後，哥舒翰率領官軍在潼關抵擋叛軍。當時叛軍來勢洶洶，哥舒翰主張固守關口，等敵人疲憊之後再出擊。但皇帝派來的監軍李大宜是個好大喜功的人，他硬逼著哥舒翰全軍出擊。李大宜是皇帝身邊的紅人，哥舒翰沒有辦法，只得含淚率軍出擊，結果大敗，數萬官軍戰死，哥舒翰也成敵人的俘虜。

潼關失守，唐玄宗倉皇逃跑，高適抄小路追上唐玄宗，為哥舒翰鳴不平。玄宗覺得高適敢於直言，很欣賞他，就任命他為侍御史，後來又升為諫議大夫、將軍。當了大官的高適並沒有驕傲自大，對待朋友們還是像以前一樣好。

當時，李白跟從永王李璘，捲入皇子們爭位的鬥爭中。李璘被殺後，李白也被關進監獄，一度被判死刑。幸虧高適和名臣郭子儀一起傾力營救，李白才被撤銷死刑，改判流放。高適後來代理成都府尹（成都市市長）時，正好杜甫流落到成都，高適也給杜甫很多幫助，讓他們一家能夠在成都安居下來。

肅宗上元二年（公元七六一年）正月初七（又稱為人日）那天，高適寫詩寄杜甫說：「人日題詩寄草堂，遙憐故人思故鄉……今年人日空相憶，明年人日知何處。」當時杜甫未及作答。後來，杜甫離開四川，整理文稿時重讀高適的詩，那時高適已經去世。杜甫睹物思人，於是寫詩寄託哀思：「自蒙蜀州人日作，不意清詩久零落。」其中對故人的思念，感人肺腑。自此，高適、杜甫人日唱和的故事便成了佳話。至今，每年人日這一天，成都杜甫草堂都要舉行活動，紀念這兩位詩人的友誼。

高適為人俠氣，喜歡交朋友，在他眼裡，真可謂是「四海之內皆兄弟」。他流傳至今最有名的一首詩，也是寫給朋友的：

〈別董大〉

千里黃雲白日曛，北風吹雁雪紛紛。
莫愁前路無知己，天下誰人不識君？

董大是當時著名的樂師，但其生平已經不可考。這首詩的格調與前面講過的〈送杜少府之任蜀州〉相似，王勃高歌「海內存知己，天涯若比鄰」，高適則是滿懷豪情地勉勵朋友：「莫愁前路無知己，天下誰人不識君？」後人評價，這句詩比王勃的詩更有豪傑氣概。也許，這是與詩人自身的性格和經歷密不可分的。這話與其說是對朋友的安慰，不如說是詩人內心的寫照：有才華的人，不論走到哪裡，都會受到別人的尊敬。

永王李璘之亂是怎麼回事?李白爲何會被捲入其中呢?

唐玄宗逃出長安時，曾命太子李亨斷後。結果不久，李亨就在甘肅靈武即位，這就是唐肅宗，並尊稱玄宗為太上皇。李亨的擅自即位激起諸王不滿，永王李璘在江陵起兵，打算自立。當時李白正在廬山隱居，李璘想將這位譽滿天下的名士羅致旗下，以壯聲威，便派心腹謀士韋子春三次上山，以平定安史之亂、復興大業的名義，聘請李白參加他的幕府。李白應聘下廬山，入永王軍為幕僚。

當時高適正擔任江陵長史，他一眼便看出永王有對抗肅宗之意，於是藉口有病，偷偷離開江陵，投奔肅宗，詳細介紹了江東形勢，說明永王必敗之狀。肅宗任命高適為節度使，與來瑱、韋陟共同率兵平定永王之亂。

野心勃勃的李璘兵敗被殺，而曾被李璘奉為座上賓的李白也因「附逆」而下獄，命在旦夕。知道友人身處危難之後，高適極力營救，加上名臣郭子儀更是以身家性命為李白擔保，終於使「詩仙」免除一死，而被判流放夜郎。在李白流放的路上，高適和郭子儀還在為李白求情，最終使皇帝下詔赦免李白。此時李白正好走到白帝城，得知消息之後，興奮地寫下名作〈早發白帝城〉：

〈早發白帝城〉

朝辭白帝彩雲間，千里江陵一日還。
兩岸猿聲啼不住，輕舟已過萬重山。

一首邊塞詩爲何會有不同的理解與感受？

——葡萄美酒夜光杯，欲飲琵琶馬上催

邊塞詩指的是以邊疆地區軍民生活和自然風光為題材的詩。中國古代絕大多數的中原政權都面臨著北方和西北少數民族政權的威脅。在《詩經》裡面就有「薄伐玁狁，至於太原」（〈詩經．六月〉）的句子。不過一般認為，邊塞詩初步發展於漢魏六朝時期，在唐代進入了黃金時期。邊塞詩是唐詩中思想性最為深刻、想像力最為豐富、藝術性最為強烈的一類詩。唐代的邊塞詩人也是璨若星辰、舉不勝舉。我們前面提到的王昌齡、王之渙、高適，都可算作邊塞詩人，其他比較著名的還有岑參、陳陶等。

相比之下，王翰可能不是最有名的邊塞詩人，但是他的〈涼州詞〉卻在眾多的邊塞詩中脫穎而出，成為名篇。

〈涼州詞〉

葡萄美酒夜光杯，欲飲琵琶馬上催。

醉臥沙場君莫笑，古來征戰幾人回。

名貴的夜光酒杯，斟滿了西域的紅葡萄酒，在營火燭光的照耀下，發出奇異瑰麗的光。邊塞的軍營裡正在舉行一場盛宴。將士們正要將杯中的美酒一飲而盡，突然馬背上響起了琵琶聲（當時軍營的集合號令是用琵琶傳遞的）。宴會戛然而止，將士們必須放下酒杯，整裝出發。但是有人捨不得這醉人的美酒，一定要喝光這一杯才肯披甲上馬。旁邊人善意地勸告：要是你喝多了，醉倒在戰場上怎麼辦？這人毫不在乎地說：這有什麼關係，要是我在戰場上醉倒甚至丟了命，你也別笑我，從古至今，咱們駐守邊關的有幾個人能夠安全回家呢？

對這首詩，古人有兩種不同的見解。

第一種認為，這首詩表現出邊塞戰爭的辛苦和將士們對戰爭的厭惡：反正都要死，在戰場上戰死和在酒宴中醉死又有什麼區別呢？這種理解認為當時的將士們都極度厭惡戰爭，對命運充滿了悲觀情緒，甚至覺得為國捐軀與醉生夢死沒有什麼區別，於是整天沉醉在酒宴中不能自拔。但是，唐代的將士們真的如此嗎？難道「黃沙百戰穿金甲，不破樓蘭終不還」的勇敢將士們不過是一群醉生夢死的酒囊飯袋？

這種理解顯然是有問題的。

所以，清代大學者施補華說：如果把這首詩理解成將士們悲傷厭世就太膚淺了，但是理解成他們樂觀詼諧就很妙了，這一切都要學者們認真領悟（「作悲傷語讀便淺，作諧謔語讀便妙，在學人領悟」）。

唐代是一個豪邁自信的年代。唐代的將士們有悲傷也有痛苦，但是他們更多的是一往無前的豪邁氣概。即使面對死亡，他們也不願意像一般人那樣悲悲戚戚、哭哭啼啼，而是用微笑甚至詼諧來面對。印度的甘地曾說：「不知道什麼時候應該死去的人，不懂得怎樣活著。」正因為將士們清醒地看到了自己生命的意義、死亡的意義，他們才可能這樣豁然達觀地對待自己的死亡，甚至拿自己的死亡來開玩笑。

所以，這首詩並不是將士們在藉酒澆愁，甚至希望以酒精麻痺自己、忘記戰爭的殘酷，而是表達了一種豪邁自信，勇敢面對命運、面對死亡的無畏精神。

你是怎麼理解的呢？

唐詩小帖

除了歌頌邊關將士的忠勇之外，唐代的邊塞詩常見的題材還有哪些？

1 表現將士對故鄉和家人的思念，如李益的〈夜上受降城聞笛〉、李白的〈關山月〉。

2 表現邊塞的瑰麗風光和奇特民俗，如岑參的〈白雪歌送武判官歸京〉、王維的〈使至塞上〉。

3 表現家人對戍邊親人的思念，如李白的〈子夜吳歌〉、王昌齡的〈閨怨〉。

4 表現戰爭帶給人民的災難，抒發反戰情緒，如李頎的〈古從軍行〉。

李白的「戶口」究竟在哪裡？

——舉頭望明月，低頭思故鄉

二〇一六年，我去埃及講學，順便遊覽那裡的一些古蹟。當時我們請了一位懂漢語的埃及小夥子當導遊。遊覽過程中，我偶然講起我來埃及是為了在開羅大學講唐詩，導遊十分興奮：「唐詩？我知道，你們中國有一個大詩人叫李白！」我點頭稱是，看來，李白的名字早已走出國門，走向世界。

李白是盛唐時最偉大的詩人，他的作品至今仍被廣為傳誦。但是李白的生平卻有很多不解之謎，他的籍貫就是其中一個。

著名學者郭沫若說：李白出生於武則天長安元年（公元七〇一年），出生地是中亞細亞的碎葉城。碎葉城位於今天吉爾吉斯托克馬克城西南八公里處的阿克・貝希姆，唐代的時候，

碎葉城與龜茲、疏勒、于闐並稱為「安西四鎮」。可是，又有一種說法說李白是四川江油人，還有說他是山東人、甘肅人，甚至是外國人。

那麼，李白到底是哪裡人，他的「戶口」究竟在哪裡？之所以我們現在搞不清楚這個問題，很大程度上是因為李白自己的說法也經常自相矛盾。譬如他一會兒說自己是隴西成紀人，是涼武昭王李暠的第九代孫；一會兒說自己是四川人，從峨眉山過來；一會兒說自己是山東人。而據現代學者考證，李白應該出生於碎葉城，五歲的時候隨家人遷居到四川。

為什麼李白對自己的籍貫和家世會有自相矛盾的說法呢？這很可能跟時代有關。有學者認為，李白的父親很可能是一個富商，所以，李白年輕的時候才能揮金如土，「一年散金三十餘萬」。但是在古代，商人是受歧視的，當時規定，商人的子孫是不能參加科舉，這等於是給李白的前途判了死刑。為避免別人說他是四川商人的子孫，李白才說自己是隴西人，還說自己是涼武昭王的後代，給自己找一個皇帝祖宗。在另外的作品裡，李白還自稱是漢代飛將軍李廣的後代，原因應該是一樣的。

這就造成後代對李白的籍貫和家世有了多種說法，陳寅恪先生甚至認為李白就是外國人（「則其人之本為西域胡人，絕無疑義矣」）。

其實，即便李白真的撒謊，也是可以理解的，因為當時科舉主要看門第，李白這樣做，也不過是為求得公平競爭的機會。

但是到了今天，李白的「戶口」究竟在哪裡其實並不重要。因為今天，李白已經不僅屬於四川或者甘肅，山東或者西域，他屬於整個中華文明，也屬於整個世界。正如臺灣詩人余光中先生說的：

〈**尋李白**〉

至今成謎是你的籍貫
隴西或山東，青蓮鄉或碎葉城
不如歸去
歸哪個故鄉
凡你醉處，你說過，皆非他鄉
失蹤，是天才唯一的下場

李白心中真正的故鄉是哪裡？

據專家考證，李白出生於中亞碎葉城，在四川長大。所以，在李白心目中，真正的家鄉還是天府之國四川。李白二十五歲仗劍出遊，足跡遍及祖國大江南北，但是他無時無刻不在思念著自己的家鄉。至今，他的〈靜夜思〉仍然是唐詩思鄉詩中的經典作品：

〈靜夜思〉

床前明月光，疑是地上霜。
舉頭望明月，低頭思故鄉。

他在安徽宣城的時候，看見杜鵑花盛開，不由得想起自己家鄉的杜鵑鳥，思鄉之情油然而生，寫下了這首詩：

〈宣城見杜鵑花〉

蜀國曾聞子規鳥，宣城還見杜鵑花。
一叫一回腸一斷，三春三月憶三巴。

不被認同的李白，做出哪首詩來反擊明志？

——大鵬一日同風起，扶搖直上九萬里

李白年少的時候，學習十分刻苦，他說自己「五歲誦六甲，十歲觀百家。軒轅以來，頗得聞矣。」意思就是自己五歲開始學習，刻苦努力，學到了不少知識。但李白也有厭學、棄學的時候，至今還流傳著一個關於李白小時貪玩、不愛學習的傳說：據說李白小時候有一段時間不想學習，便到處遊玩。一天他逃學去溪邊玩耍，看見一個老婆婆正在石頭上費力地磨著一根鐵棒。李白問她要做什麼，老婆婆說她想要磨一根繡花針。李白覺得老婆婆這樣做太傻了，這麼粗的鐵棒怎麼能磨成繡花針呢。但是老婆婆告訴他：只要功夫深，鐵杵也能磨成針。李白聽了之後恍然大悟，從此專心學習，再也不貪玩。

二十五歲的時候，李白已經成為一個學問淵博的人，於是他辭別父母，離開家鄉，開始

壯遊天下的生活。

前面我們講到，唐代的讀書人想要考取功名，都要到處拜訪達官貴人、文壇領袖，並把自己的作品送給他們看，希望能夠被他們欣賞，得到他們的引薦。李白也不例外。他拜訪了很多達官貴人，希望能得到他們的賞識，但是都沒有回音。這一年，李白去拜訪當時的渝州刺史李邕。

李邕是當時的大學者、大詩人、大書法家，但或許是因為李邕不喜歡李白狂放不羈的性格，所以，他並不看好這個四川來的年輕人。這讓李白心中很是鬱悶。

臨到告別的時候，李白心中煩亂，又有李邕不欣賞自己的失望。這時，他突然想起《莊子》裡面的一個故事。

莊子說，北方大海裡有一條魚，名字叫鯤，鯤非常大，不知道有幾千里長；而且，鯤可以變化，牠能變成一隻巨大的鳥，名字叫鵬，鵬的背也不知道有幾千里寬。這樣巨大的鳥當然不是想飛就可以飛的，牠必須等到六月海上颳起大風時，才能與狂風一起，飛上九萬里的高空。

李白心想：我不就是那隻大鵬嗎？只要有合適的風，我一定能飛上高空！

想到這裡，李白恢復了自信。於是，他寫下一首詩，贈給看不起自己的李邕：

〈上李邕〉

大鵬一日同風起，扶搖直上九萬里。
假令風歇時下來，猶能簸卻滄溟水。
世人見我恆殊調，聞余大言皆冷笑。
宣父猶能畏後生，丈夫未可輕年少。

在這首詩裡，李白說道：我就是那隻大鵬，一直在等待那場大風，以便能扶搖直上九萬里。即便是風停了，我降落下來，翅膀一扇，也會讓海水翻起滾滾波濤。一些俗人看見我說話跟他們不同，覺得我說的都是大話，於是發出冷笑。孔子（唐太宗貞觀年間下詔尊稱孔子為宣父）都曾經說過後生可畏。你們這些大人，不要看不起我們這些年輕人啊！

面對打擊和責難，李白不是俯首帖耳，而是桀驁不馴地反擊。在他心中，自由與奔放是重於一切的。他也想走上仕途、報效國家，實現自己的人生價值。但是當他遭到打擊之後，他也會高喊：「安能摧眉折腰事權貴，使我不得開心顏！」

這就是李白，一個有傲氣也有傲骨的李白。

李白爲什麼喜歡以大鵬自比？

大鵬的故事出自〈莊子．逍遙遊〉，李白從小學道，對道家思想研究很深，所以他十分熟悉這個故事。同時，李白為人豪放、自視甚高，他堅信自己不是一個平凡的人，一定會建功立業、留名青史。二十五歲那年，李白仗劍出遊，遇見了名道士司馬承禎，他誇獎李白「有仙風道骨焉，可與神遊八極之表」，李白聽了十分高興，便寫下〈大鵬遇希有鳥賦〉，自比為莊子筆下的大鵬。此後，他又多次以大鵬自比。在他去世之前，他還寫過一首〈臨路歌〉（一作〈臨終歌〉），最後一次把自己比作受傷的大鵬，飛到半空，但再沒力氣直達九天了。

爲何被皇帝賞識的李白兩年後就被撤職？他到底得罪了誰？

——借問漢宮誰得似，可憐飛燕倚新妝

李白二十五歲仗劍出遊，遍訪名士，希望得到引薦，但是始終一無所獲。直到他四十二歲的時候，他的朋友——道士吳筠向皇帝推薦他，李白才被朝廷召去長安擔任翰林供奉。終於做官的李白非常高興，他寫詩說：「仰天大笑出門去，我輩豈是蓬蒿人！」

李白剛到朝廷時，皇帝對他是非常賞識的。史書說皇帝下令賜宴款待李白，還親自給他準備羹湯。李白也非常自得，他相信自己一定能從此建立一番功業，名垂青史。

可是，僅僅過了兩年多，李白就被賜金還鄉，也就是被撤職。這是為什麼呢？

在《新唐書》、《舊唐書》和《唐才子傳》裡，都記載這樣一個故事：有一次李白喝醉，竟然趁著酒性讓大宦官高力士為他脫靴，於是就得罪高力士，這也成為李白後來被撤職的禍

根。

高力士是什麼人呢？他怎麼有這麼大的權力？

高力士本姓馮，年紀很小時就入宮，被高延福收為養子，改名高力士。在武則天的時候，他就很受賞識，後來更是成為唐玄宗的得力手下。他曾經協助唐玄宗平定太平公主和韋后之亂，後又擔任驃騎大將軍和開府儀同三司，所以，他不僅是個宦官，還是個朝廷高官。

高力士一生忠於玄宗，地位十分高，當時的太子稱呼高力士叫「二兄」，諸王、公主稱呼高力士為「阿翁」（相當於叔叔、伯伯），駙馬們稱呼高力士為「爺」，就連唐玄宗李隆基都不直接稱呼高力士的名字，而稱他「將軍」。

平心而論，高力士一生沒做過什麼壞事，他幫助唐玄宗治理國家，在安史之亂爆發之後他也一心忠於朝廷，是歷史上比較少見的好宦官之一。但是，李白酒醉之後叫他脫靴，這讓高力士覺得十分受辱，因此與李白結了私仇。

後來，有一天，唐玄宗帶著楊貴妃到沉香亭賞牡丹，途中想找李白寫幾首新曲子助興。哪想李白當時正在酒樓喝酒，已經酩酊大醉，被人抬著進宮，見到皇帝時酒都還沒有醒，宮人用冷水澆在李白臉上，他才悠悠地醒過來。

李白醒來之後，馬上揮筆作了三首〈清平調〉，盛讚楊貴妃的美麗，皇帝看了之後非常高興，可是其中的一首詩，卻被高力士抓住把柄，告了一狀。

〈清平調〉

一枝紅豔露凝香，雲雨巫山枉斷腸。
借問漢宮誰得似，可憐飛燕倚新妝。

這首詩稱讚楊貴妃的美麗，把她比作凝結著露水的鮮花，還運用了兩個典故：一個是巫山雲雨，另一個是漢代的美女趙飛燕。

楊貴妃見李白的詩全是稱讚自己的美麗，非常高興，可高力士卻對楊貴妃說：「李白表面上在誇您，其實是在罵您呢！」

楊貴妃很奇怪：「他哪裡在罵我呢？」

高力士說：「他把您比作趙飛燕，難道還不是在罵您嗎？」

趙飛燕是誰？為什麼高力士說把楊貴妃比作趙飛燕就是在罵楊貴妃呢？

趙飛燕（公元前四五年至公元前一年），是漢成帝劉驁的第二任皇后，據說她色藝雙絕，身輕如燕。漢成帝三十七歲時立其為皇后，九年後，四十六歲的漢成帝崩逝。漢成帝死後，漢哀帝繼位，趙飛燕成為皇太后。六年後，漢平帝繼位，將趙飛燕由皇太后廢為孝成皇后，一個多月後，再次將其廢為庶人，後趙飛燕自殺而亡。

史書中趙飛燕的名聲很壞，後人認為她是蠱惑皇帝的「紅顏禍水」。所以，高力士故意說李白把楊貴妃比作趙飛燕，是諷刺她也是紅顏禍水。

從這之後，楊貴妃就對李白惱怒起來。據說唐玄宗幾次想提拔李白，都被楊貴妃阻止了。而另一方面，李白也的確不適合當官。李白很愛喝酒，經常喝得酩酊大醉而誤事。杜甫〈飲中八仙歌〉說：「李白斗酒詩百篇，長安市上酒家眠。天子呼來不上船，自稱臣是酒中仙。」

在擔任翰林供奉兩年多之後，李白也發現自己無法實現人生理想，主動向皇帝請求辭職。皇帝順水推舟，批准他的請辭，並賞給他一筆錢，李白就這樣被賜金還鄉了。

唐詩小帖

李白的〈清平調〉使用了兩個典故，其中「巫山雲雨」是什麼意思？

大鵬的故事出自〈莊子．逍遙遊〉，李白從小學道，對道家思想研究很深，傳說春秋戰國的時候，楚懷王有一次遊覽巫山，玩得很累，就直接睡著了。睡夢裡，楚懷王見到一位美麗的女子，女子說：「我是巫山的神女，早上我化為雲，晚上我化為雨。」

這個故事最早見於〈高唐賦〉和〈神女賦〉，從此以後也成為一個著名典故，用來指男女之情。

這個典故經常被詩人們使用，除了李白之外，中唐的元稹作〈離思〉也用了這個典故：

〈離思〉

曾經滄海難為水，除卻巫山不是雲。
取次花叢懶回顧，半緣修道半緣君。

汪倫是誰？他爲什麼要「騙」李白？

——桃花潭水深千尺，不及汪倫送我情

知道李白的人，很多都知道他這首質樸平實的贈別詩〈贈汪倫〉：

〈贈汪倫〉

李白乘舟將欲行，忽聞岸上踏歌聲。
桃花潭水深千尺，不及汪倫送我情。

這首詩是李白贈給朋友汪倫的。汪倫是什麼人？李白為什麼要專門寫詩贈給他呢？

史書記載，汪倫是唐朝涇州（今安徽涇縣）人。他生性豪爽、喜歡結交名士，而且他仗

義疏財、一擲千金。汪倫早就聽說李白的大名，一直想結交。但李白當時已是名滿海內的大詩人，而自己只是個無名小輩，怎麼才能請得動「詩仙」的大駕呢？汪倫左思右想，靈機一動，決定根據李白的性格投其所好，把他「騙」來涇州？

正好這一年，李白遊歷到安徽，於是汪倫寫信給李白說：「先生不是喜歡遊歷嗎？我們這裡有十里桃花；先生不是喜歡喝酒嗎？我們這裡有萬家酒店恭迎先生。」

李白收到信之後十分開心，興沖沖地趕到涇州。到了一看，只有一個小潭，哪裡有什麼十里桃花、萬家酒店？汪倫微笑著說：「這個潭叫桃花潭，方圓十里，但是並沒有桃花；至於萬家酒店嘛，是我們這裡酒店的店主姓萬。」李白聽完愣了一下，隨即大笑說：「妙極，妙極！」

雖然李白是被「騙」來的，但是汪倫對「詩仙」的仰慕之情卻是真實的。汪倫在當地有一座別墅，別墅周圍風景優美，李白在這裡住了好幾天，每天飲酒作詩，與朋友們高談闊論。在這裡，李白還寫下〈過汪氏別業二首〉，把汪倫比作竇子明、浮丘公一樣的神仙，大加讚賞。

時間過得很快，轉眼李白就要離開。汪倫在家裡設宴為李白餞別，還送他很多禮物。酒足飯飽，李白登上潭邊停靠的船，正要出發的時候，突然岸上傳來一陣歌聲。原來，是汪倫和很多村民一起在岸上踏步唱歌為自己送行。李白十分感動，當下就寫了這首〈贈汪倫〉。

比起前兩首送給汪倫的詩，這首篇幅短小，語言也簡單，但是流傳卻比前兩首更廣，這是為什麼呢？原因就在於，李白當時被汪倫和村民們的盛情所感動，他不再去考慮用什麼典故、雕琢什麼詞語，只是讓真摯的感情自然地流露出來。

當然，汪倫最後也是賺大了。不僅成功地把李白「騙」來，實現自己與李白結交的願望，更讓李白留下這首不朽的詩作。於是，千百年後，無數人在吟詠李白的詩篇時，總是把汪倫也掛在嘴邊，汪倫也和「詩仙」一樣不朽了。

相比〈贈汪倫〉，李白另外兩首贈給汪倫的詩名氣就小多了。

〈過汪氏別業二首〉

其一

遊山誰可遊？子明與浮丘。疊嶺礙河漢，連峰橫斗牛。
汪生面北阜，池館清且幽。我來感意氣，捶炰列珍羞。
掃石待歸月，開池漲寒流。酒酣益爽氣，為樂不知秋。

其二

疇昔未識君，知君好賢才。隨山起館宇，鑿石營池臺。
星火五月中，景風從南來。數枝石榴發，一丈荷花開。
恨不當此時，相過醉金罍。我行值木落，月苦清猿哀。
永夜達五更，吳歈送瓊杯。酒酣欲起舞，四座歌相催。
日出遠海明，軒車且裴回。更游龍潭去，枕石拂莓苔。

杜甫小時候是個頑皮的小孩！

——庭前八月梨棗熟，一日上樹能千回

玄宗先天元年（公元七一二年），在河南鞏縣一個姓杜的人家，一個小男孩誕生了。這個孩子被寄予很大的期望，親人們都希望他長大之後能夠出人頭地、成就一番大事業。

這個孩子就是杜甫。為什麼親人們會有這般期望呢？因為杜甫的家族可不是一般的家族。

杜甫的家族遠祖是漢武帝時有名的酷吏杜周，司馬遷的《史記》裡就有杜周的傳記。晉朝的時候，杜家出了個了不起的人物，名杜預，他既是當時的朝廷將領又是著名學者，可謂文武雙全。到了唐代，杜家依然不得了，杜甫的祖父杜審言，是武則天時期著名的詩人、書法家。但是到杜甫父親杜閒這一輩，家道明顯不如以前，杜閒只做了奉天縣令和兗州司馬等小官。所以，杜甫出生的時候，家人都希望他長大之後能夠光耀門楣，重振家聲。

那麼，小時候的杜甫是怎樣的呢？據杜甫回憶，自己小時候還是很努力學習的。因為他出身書香世家，又是官宦子弟，因此比起一般人，自然能夠得到更好的教育。杜甫說自己「七齡思即壯，開口詠鳳凰」，意思就是自己小時候學習很用功，七歲時就寫了一首關於鳳凰的詩。這和駱賓王七歲寫〈詠鵝〉詩倒是同齡，可惜杜甫這首寫鳳凰的詩並沒有流傳下來。

而杜甫的另外一首詩卻暴露他小時候頑皮好動的真面目：

〈百憂集行〉

憶年十五心尚孩，健如黃犢走復來。

庭前八月梨棗熟，一日上樹能千回。

這幾句詩意思是：回憶我十五歲時，心志還跟小孩子一樣愛玩、好動，每天都折騰不休。八月，庭院裡梨子和棗子都成熟了，我就跟小猴子一樣，為了摘果子，一天能爬一千次樹。爬一千次固然是誇張，但哪怕只爬幾百次，這猴子一樣的身影也足夠讓大人眼花繚亂。所以說十五歲的杜甫是個頑皮的孩子真是一點不過分。

不過，杜甫又是一個胸有大志的頑皮孩子。他的祖先都很有名，因此，隨著年齡的增加，他越來越希望自己能夠和祖先一樣，進入朝廷，輔佐皇帝，治理國家，使國泰民安、天下太平。和當時其他詩人一樣，杜甫成年之後，就踏上壯遊天下的征程。他漫遊齊魯，拜訪前輩，欣賞美好河山。這一年，他來到了泰山腳下。

泰山，又稱岱宗、東嶽，是五嶽之首，也是中國最重要的文化名山之一。孔子尚有「登東山而小魯，登泰山而小天下」的典故。此時，杜甫站在泰山腳下，仰望著雄偉巍峨的大山，看著山頂縹緲遊動的白雲，好想登上山頂。但是這次他沒有時間去登山，於是，他寫下一首著名的詩歌來表達自己的心情：

〈望嶽〉

岱宗夫如何？齊魯青未了。造化鍾神秀，陰陽割昏曉。
蕩胸生層雲，決眥入歸鳥。會當凌絕頂，一覽眾山小。

這首詩說：岱宗泰山是怎樣的一座山啊？走出齊魯邊界，還能看見那青青的峰頂。上天好像格外鍾愛這座大山，賜給它巍峨的身姿和雄偉的景色，它的南北兩面分割了白天和黑夜。站在泰山之巔，俯瞰滔滔雲海，心胸也為之開闊，似乎也有雲海翻滾。這縹緲的景觀啊，我使勁地睜大眼睛張望，幾乎要把眼眶撐破，鳥兒都歸巢了，我還在看。總有一天，我會登上泰山之巔，那時候，其他的山都會被我踩在腳下，顯得那樣渺小。

此時的杜甫，相信自己一定能夠出人頭地，甚至封侯拜相，成為重振家聲的人，不辜負親人們的期望。可惜，他失敗了。他一生只做過幾個小官，沒能出將入相，甚至連自己和家人的生活都無法保障。他的後半生基本上是在帶著家人四處流亡中度過。但是，他又是成功的。他雖然沒有當上宰相，但是他的名氣卻超過唐朝的任何一位宰相；他雖然沒有成為富豪，但是他的詩卻成為最可貴的寶庫。他的詩被稱為「詩史」，他本人被尊為「詩聖」。雖然一生窮困潦倒，但是他卻成為中國歷史上最偉大的詩人之一，永遠受後人敬仰。

唐詩小帖

「五嶽」是哪幾座山呢？

五嶽分別是：東嶽泰山、西嶽華山、北嶽恆山、南嶽衡山、中嶽嵩山。

安史之亂讓哪位詩人寫下了令人揪心的〈春望〉？

——烽火連三月，家書抵萬金

在安史之亂還沒有爆發的時候，杜甫就觀察到朝廷一天比一天腐敗、百姓生活一天比一天難過的社會狀況。在〈兵車行〉中，他批評當時的朝廷好大喜功、窮兵黷武，強行抓百姓當兵，以致家人哭喊相送，慘狀不忍目睹；在〈麗人行〉中，他批評宰相楊國忠一家搜刮民脂民膏、生活奢侈腐朽，表現了對他們的憤慨；在〈自京赴奉先縣詠懷五百字〉中，他更是直接批評皇帝，指出就是皇帝造成社會的貧富嚴重不均：「朱門酒肉臭，路有凍死骨！」

可是，杜甫當時的官職只是右衛帥府冑曹參軍，就是一個看管鎧甲兵器的小官，相當於軍火庫的倉庫管理員兼門衛，職位是從八品下，比七品芝麻官還小，人微言輕，他的話沒有任何官員在意。

安史之亂爆發後，杜甫被叛軍俘虜，公元七五六年，他被押解到長安。長安是大唐帝國的都城，也是當時世界上最繁華的城市之一。可是由於戰亂，這座曾經盛極一時的國際性大都市此時幾乎成了廢墟，到處是殘垣斷壁，一片衰敗的景象。此時剛好是春天，小草和樹木似乎並不知道這場慘絕人寰的戰亂，仍然欣欣向榮地生長著，美麗的花兒也沒有因為受到戰爭的影響而停止開放。而詩人看到這一片春天的美景，卻覺得更加悲傷，就連平常婉轉動聽的鳥鳴此時都讓人心驚膽顫。

更讓詩人揪心的是，此時自己的家人還在鄜州，他們也許以為自己已經死在戰亂中了。而自己被叛軍俘虜，也不知道家人現在是死是活。杜甫很想給家人寫一封信，但是戰亂的時候，寄一封信哪能像以前那麼容易！如果真的能夠收到一封信，價值大概萬金都比不上啊！詩人擔心家人，又擔心家人擔心自己，左思右想找不到一個好辦法，他不斷撓頭思索，把本來已經很少的白髮撓得更少，連簪子都無法插穩。最後他只能無奈地寫下這首詩：

〈春望〉

國破山河在，城春草木深。
感時花濺淚，恨別鳥驚心。

烽火連三月，家書抵萬金。
白頭搔更短，渾欲不勝簪。

不過相比於王維，杜甫還是幸運的。王維名氣太大，所以安祿山對他看管很嚴，他始終沒有逃脫的機會。但是當時杜甫官職比較小，名氣也不是很大，所以他最後幸運地逃出來，回到鄜州，與家人團聚。

唐詩小帖

你知道杜甫的「三吏三別」是哪幾首詩嗎？

杜甫的「三吏三別」寫於安史之亂中，深刻地寫出民間疾苦以及詩人自己在亂世中身世飄蕩的孤獨，也表達出對備受戰火摧殘的老百姓的同情。

三吏：〈潼關吏〉、〈新安吏〉、〈石壕吏〉。

三別：〈新婚別〉、〈無家別〉、〈垂老別〉。

杜甫為躲避戰亂去了成都，這決定是對還是錯？

——此曲只應天上有，人間能得幾回聞

從叛軍手中逃出來後，杜甫先到鄜州與妻子、孩子會合，然後就趕到鳳翔，拜見唐肅宗，被授予左拾遺的官職。這個官位的職責就是向皇帝提意見，杜甫認為這是實現自己人生理想的大好時機，於是他認真觀察朝政，發現不對的事就向皇帝提出。但是他不知道，皇帝根本不重視他，不但不採納他提出的意見，反而認為他結黨營私。所以杜甫很快就被貶官了。

杜甫被貶為華州司功參軍，這是一個很小的官，這使得杜甫有更多機會接觸下層受苦受難的老百姓，並且用詩歌記錄他們的苦難、揭露世間的不平。也就是在這段時間，他寫下流傳千古的「三吏三別」。

到了肅宗乾元二年（公元七五九年），關中遭遇大旱災，杜甫一家實在生活不下去。他

便辭去華州司功參軍的官職，決定到成都躲避戰亂。杜甫為什麼要去成都呢？首先，四川自古以來就是天府之國，物產豐富，人口眾多，相比於飽受戰亂的中原，更容易生存下去。其次，安史之亂後，唐玄宗就逃到了成都。後來，唐玄宗回去長安，但還是有很多官員在成都，其中一些官員還是杜甫的朋友，比如嚴武、裴冕、高適等。

所以，在公元七五九年年末的時候，杜甫帶著家人幾經輾轉，越過了難於上青天的蜀道，終於來到成都。杜甫到成都之後，在嚴武等人的幫助下，在城西浣花溪畔修建一座草堂，這就是今天依然存在的杜甫草堂。

雖然成都很富庶，但是杜甫在戰亂中攜家帶眷來到這裡，最初生活還是很艱難的。他說有些當大官的朋友知道他生活困難，再也不理他，而他的孩子長期挨餓，臉色淒淒然（「厚祿故人書斷絕，恆飢稚子色淒涼」）。有時候孩子餓得連對父親的尊重都沒了，只是吵著鬧著要吃飯（「痴兒不知父子禮，叫怒索飯啼門東」）。

幸運的是，還是有很多朋友給予杜甫一家無私的幫助。當知道杜甫一家沒米下鍋的時候，當時擔任彭州刺史的高適騎馬給他送來了米；裴冕等人也時不時來浣花溪看望杜甫一家；嚴武後來還讓杜甫擔任工部員外郎，所以後來我們也稱杜甫「杜工部」。

經過初期的貧困和艱難之後，杜甫一家的生活逐漸有了起色。成都美麗的景色和周圍友善的人們給了杜甫一家最大的安慰。杜甫開始有心情去欣賞浣花溪附近的美麗風景，並用詩歌記錄下來。杜甫這時候的詩，相比於其他時間的詩顯得更愉快、更輕鬆，語言更美麗。

譬如他描寫草堂周圍的景色：

〈絕句四首（其三）〉

兩個黃鸝鳴翠柳，一行白鷺上青天。窗含西嶺千秋雪，門泊東吳萬里船。

〈絕句二首（其一）〉

遲日江山麗，春風花草香。泥融飛燕子，沙暖睡鴛鴦。

譬如他描寫一個喜歡種花，叫黃四娘的鄰居：

〈江畔獨步尋花七絕句（其六）〉

黃四娘家花滿蹊，千朵萬朵壓枝低。
留連戲蝶時時舞，自在嬌鶯恰恰啼。

譬如他描寫自己居住村子的夏天風景和家人的閒適：

〈**江村**〉

清江一曲抱村流，長夏江村事事幽。自去自來樑上燕，相親相近水中鷗。
老妻畫紙為棋局，稚子敲針作釣鉤。但有故人供祿米，微軀之外更何求。

當然，在成都的生活也有悲涼的時候。譬如一個秋天的傍晚，颳起大風，茅屋的茅草被吹得到處都是，落在平地上的那些還被南村的一群頑童搶走。晚上下起了雨，整個茅屋到處漏雨，被子本來就薄，還被孩子蹬破。長夜漫漫，不知道怎麼撐到天亮。悲苦中，杜甫寫下〈茅屋為秋風所破歌〉。但是總的來說，杜甫在成都的生活相比於戰亂中的生活還是舒適愉快得多了。有學者統計，杜甫流傳下來的一千多首詩中，有二百四十多首都是在成都寫的，可以說，在成都時杜甫的創作進入了一個高峰。

杜甫在成都作了二百四十多首詩，其他比較著名的你知道幾首呢？

比較著名的還有：

〈客至〉

舍南舍北皆春水，但見群鷗日日來。
花徑不曾緣客掃，蓬門今始為君開。
盤飧市遠無兼味，樽酒家貧只舊醅。
肯與鄰翁相對飲，隔籬呼取盡餘杯。

〈贈花卿〉

錦城絲管日紛紛，半入江風半入雲。
此曲只應天上有，人間能得幾回聞。

〈蜀相〉

丞相祠堂何處尋，錦官城外柏森森。
映階碧草自春色，隔葉黃鸝空好音。
三顧頻煩天下計，兩朝開濟老臣心。
出師未捷身先死，長使英雄淚滿襟。

詩詞小地理

成都

——我行山川異，忽在天一方

成都，又稱蓉城、錦城、錦官城，今四川省省會，中國西部重要的城市。約在公元前五世紀，成都地區就已經出現城市，西漢的時候成都已經是當時的六大都市之一。三國蜀漢曾建都成都，五代的前蜀和後蜀也以成都為都城。

唐代的時候，成都更是大唐帝國的繁華都市之一。當時就有「揚一益二」的說法，意思是天下最繁華的城市是揚州，其次就是益州（成都）。安史之亂時，唐玄宗避難就逃到成都；黃巢之亂時，唐僖宗也曾逃到成都，並停留四年之久。所以，也可以說，成都是大唐帝國最

後時刻的大後方。成都還是一座文化名城，大詩人李白在四川長大，並在成都求學；杜甫曾避亂來到成都；宋代的蘇軾也出生在成都附近的眉山。而成都也是詩人們遊歷時一個主要的聚集地。因此，古往今來，關於成都的詩句也有不少。

翳翳桑榆日，照我征衣裳。我行山川異，忽在天一方。——杜甫〈成都府〉

家近紅蕖曲水濱，全家羅襪起秋塵。——李商隱〈寄成都高苗二從事〉

杜宇曾為蜀帝王，化禽飛去舊城荒。——胡曾〈詠史詩．成都〉

十年分散劍關秋，萬事皆隨錦水流。——溫庭筠〈贈蜀府將（蠻入成都，頻著功勞）〉

南荊西蜀大行臺，幕府旌門相對開。——劉禹錫〈江陵嚴司空見示與成都武相公唱和，因命同作〉

日照錦城頭，朝光散花樓。——李白〈登錦城散花樓〉

拾遺被酒行歌處，野梅官柳西郊路。——蘇軾〈送戴蒙赴成都玉局觀將老焉〉

招喚欲千回。暫得尊前笑口開。——黃庭堅〈南鄉子．招喚欲千回〉

錦江近西煙水綠，新雨山頭荔枝熟。萬里橋邊多酒家，遊人愛向誰家宿？——張籍〈成都曲〉

盤礴西南江與岷，石犀金馬世稱神。——王安石〈送復之屯田赴成都〉

是「詩聖」還是「情聖」？

——已訴徵求貧到骨，正思戎馬淚盈巾

幾乎每個人都知道，杜甫被稱為「詩聖」，他的詩被稱為「詩史」。可是你是否聽說過，杜甫還被人稱為「情聖」？

不過，這裡的「情聖」可不是我們談情說愛的情，而是有另外的意思。

是誰把杜甫稱作「情聖」的呢？

他就是中國近代著名的學者梁啟超。

梁啟超先生說：

> 杜工部被後人上他徽號叫作「詩聖」。詩怎麼樣才算「聖」，標準很難確定，我們也不必輕輕附和。我以為工部最少可以當得起「情聖」的徽號。因為他的情感的內容，是極豐富的，極真

實的，極深刻的。他表情的方法又極熟練，能鞭辟到最深處，能將它全部完全反映不走樣子，能像電器一般，一振一蕩地打到別人的心弦上，中國文學界寫情聖手，沒有人比得上他，所以我叫他作情聖。

梁啟超先生所說的「情聖」，其實是「寫情聖手」的意思。

前面我們講過，杜甫在公元七五九年帶著家人來到成都，修建杜甫草堂。杜甫在成都主要受嚴武的庇護。後來，嚴武突然死去，他手下的將領爭權奪利、互相攻擊，成都瞬間變成了戰場。

成都無法再住下去，杜甫又帶著家人開始顛沛流離的生活。最後，他來到了夔州（今重慶奉節），並在這裡也蓋一座草堂。為了和成都草堂區別，後人一般叫它瀼西草堂。

背井離鄉的杜甫沒有一天不思念自己的家鄉，他聽說最近官軍打了好幾個勝仗，自己的家鄉可能已經被收復後，十分高興，準備離開夔州，回到河南。正好這時候，他一個姓吳的親戚來到夔州，杜甫就把瀼西草堂借給他。

可是，沒過多久，杜甫就聽說一件事，這件事讓他寢食難安、憂心忡忡。究竟是什麼事呢？

原來，杜甫住在瀼西草堂的時候，庭院裡有棵棗樹，秋天棗子成熟的時候，就有一個附近的老婆婆來打棗子吃。老婆婆的丈夫和孩子都死在戰亂中，她一個人孤苦伶仃，十分可憐。所以她每次來打棗子，杜甫都不干涉，還對她十分和善。可是現在，他聽說這個姓吳的親戚在庭院周圍修了一圈籬笆！這樣老婆婆還怎麼來打棗子呢？杜甫十分焦急，於是他給親戚寫一封信，就是下面這首詩：

〈又呈吳郎〉

堂前撲棗任西鄰，無食無兒一婦人。
不為困窮寧有此，只緣恐懼轉須親。
即防遠客雖多事，便插疏籬卻甚真。
已訴徵求貧到骨，正思戎馬淚盈巾。

杜甫在這首詩裡說：以前這個老婆婆來打棗子，我從來都不加干涉。她是一個沒有糧食也沒有孩子的可憐老太婆，如果不是因為窮得過不下去，怎麼會做這種「偷」棗子的事？她這樣做的時候心裡一定也是害怕的，我們作為主人，更應該對她和善一些。可是我聽說你在庭院周圍插上籬笆，也許你並不是針對這位老婆婆，但是她肯定會因為這圈籬笆再也不能來打棗子。這些可憐的老百姓，因為戰亂已經失去家人，因為賦稅已經失去一切財產，而此時戰爭還沒有停息，每當想起這一切，我就忍不住潸然淚下。

杜甫雖然只是個小官，家裡也不富裕，但是他卻能觀察到底層老百姓更加貧苦的生活，並且對他們給予同情，並用詩歌來表現他們的艱難。正如梁啟超先生說的：

他的眼光，常常注視到社會最下層，這一層的可憐人那些狀況，別人看不出，他都看出；他們的情緒，別人傳不出，他都傳出。

所以，說杜甫是「詩聖」也好，「情聖」也罷，其實意思都是一樣。就是他作為一個詩人，能夠對老百姓有悲憫之心、同情之心，並且用自己的詩句來表達這種悲憫和同情，而當我們看到他的詩句時，也能領悟到，怎樣才能成為一個善良的人，成為一個真正的人。

唐詩小帖

杜甫在成都和夔州待了五年，這五年是他詩歌創作的最高峰，總共創作詩篇四百餘首。他在夔州寫的一首律詩被後人稱爲「七律之冠」，你知道是哪首詩嗎？

〈登高〉

風急天高猿嘯哀，渚清沙白鳥飛迴。
無邊落木蕭蕭下，不盡長江滾滾來。
萬里悲秋常作客，百年多病獨登臺。
艱難苦恨繁霜鬢，潦倒新停濁酒杯。

杜甫是李白的粉絲？

——白也詩無敵，飄然思不群

我們都知道，李白和杜甫是盛唐時候有名的兩位大詩人，並稱為「李杜」。於是，人們就會以為在當時杜甫就和李白齊名了。其實不是這樣的。

如果我們穿越回盛唐，跟人說起「李杜」，人家肯定會很疑惑：「李」也許是李白，「杜」是誰呢？怎麼沒聽說過呢？這是因為在當時，杜甫遠沒有李白那麼有名。

為什麼會這樣？原因有以下幾點：

第一，李白比杜甫年紀大。李白出生於公元七〇一年，杜甫出生於公元七一二年，比李白小了十一歲。李白出名的時候，杜甫還很年輕。

第二，李白曾經當過翰林供奉，雖然不久就被賜金還鄉，但好歹也是在皇帝身邊工作過

的人。而杜甫一生都沒有當上比較大的官，身世坎坷，飄零江湖，所以當時很多人並不重視他。

但是，李白和杜甫又的確是好朋友。

據專家考證，杜甫年輕的時候曾經跟李白一起去拜訪北海太守李邕。李邕對李白不是很欣賞，卻很看好杜甫這個年輕人。但是後來李邕被陷害而慘死，最終也沒能幫上杜甫什麼忙。此外，據說李白被賜金還鄉的時候，並不是想著把這筆錢拿回去給家人，而是叫上杜甫和高適兩個好朋友，暢遊名山大川，所到之處飲酒高歌、意氣風發。

對比自己大十一歲的李白，杜甫是十分欽佩的。在與李白漫遊結束，即將分別時，杜甫還專門寫了〈贈李白〉：

〈贈李白〉

秋來相顧尚飄蓬，未就丹砂愧葛洪。
痛飲狂歌空度日，飛揚跋扈為誰雄。

李白和杜甫都想憑藉自己的才華踏上仕途、建功立業、報效國家。可是腐敗的朝政使他們的夢想一次次化為泡影。秋天到了，兩個人面面相覷，都還沒做出什麼驚天動地的大事，反而像無根的蓬草一樣飄飛在天地間。李白修道，於是他勸說杜甫，要是仕途不得意，乾脆就進山修道吧。當時道家喜歡煉製仙丹，據說服食之後可以延年益壽。西晉著名的道士葛洪就是煉丹的名家。可是杜甫對煉丹毫無興趣，他謙虛地說：我愧對煉丹的老祖宗葛洪。而讓杜甫不能忘懷的，是他與李白交往時的點點滴滴：我們一起痛飲美酒、一起寫詩高歌，時間就這樣流逝，您這樣意氣豪邁的人，到處逞雄，這是為了誰呢？

兩人分別後各奔東西，再也沒能相見。但是杜甫心裡卻一直記掛著李白。他寫詩稱讚李白的才華：

〈春日憶李白〉

白也詩無敵，飄然思不群。
清新庾開府，俊逸鮑參軍。
渭北春天樹，江東日暮雲。
何時一樽酒，重與細論文？

這首詩說：李白的詩真是當世無敵啊！他超然的才思遠遠超過了一般人。他詩歌的清新比得上庾信，俊逸不亞於鮑照。可是此時，我待在長安，他卻遠在江南。什麼時候能夠像以前那樣，再跟李白一起喝酒、談論詩文呢？

除此之外，杜甫還在很多首詩裡面都毫不掩飾地表達對李白才華的欽佩，所以，在當時，杜甫更像是李白的粉絲。最可貴的是，在李白遭遇危難的時候，杜甫並沒有棄之而去，更沒有像有些人那樣見到朋友遭難就落井下石。雖然杜甫的能力有限，無法給朋友實質性的幫助，但是他卻用詩歌給朋友安慰和鼓勵，期盼他走出低谷。

安史之亂爆發後，李白雖然年紀已經不小，但仍然想尋找機會報效國家，一展才華。玄宗天寶十五年（公元七五六年），太子李亨於甘肅靈武即位，是為唐肅宗，尊稱玄宗為太上皇。李亨的即位激起諸王的不滿，永王李璘起兵，並聘請李白參加他的幕府。不久，野心勃勃的李璘兵敗被殺，而曾被李璘奉為座上賓的李白也因「附逆」而下獄，命在旦夕，全賴郭子儀和高適的搭救，才得以免除一死，被流放夜郎。

李白被押解前往流放地，杜甫很久都沒有李白的消息，他寢食難安。他知道，李白的狂並不是狂妄，而是狂放，其實就是假裝的狂。可是現在，卻因為這狂放惹下大禍，生死未卜。李白下獄後，很多以前喜歡他的人馬上換了一副面孔，都說他是反賊，應該被處死。可是杜甫卻覺得李白這樣偉大的詩人，要是真的把他殺了，就太可惜了。他想起李白才思敏捷，總是很快就能寫出一首又一首精采的詩篇，可是命運卻這樣的坎坷。杜甫想，現在伴隨李白飄零江湖的，大概只有手上的那杯酒吧。最後，杜甫對著看不見的李白說：老兄弟啊，我們都知道匡廬山是個好地方，景色優美、安靜閒適。等你回來了，咱哥倆不再關心世事，也不再涉足江湖，一起到那裡讀書了此殘生吧：

〈不見〉

不見李生久，佯狂真可哀！
世人皆欲殺，吾意獨憐才。
敏捷詩千首，飄零酒一杯。
匡山讀書處，頭白好歸來。

雖然李白也給杜甫寫過詩，不過從數量上和質量上都比不上杜甫寫給李白的詩，而且詩中也沒有杜甫詩中的景仰之情。所以說杜甫是李白的粉絲，絲毫不過分。

那麼，二人是從什麼時候開始被並稱為「李杜」的呢？

答案是在中唐。元稹為去世的杜甫寫了〈杜工部墓誌銘〉，在這篇文章裡面，第一次把李、杜並列。後來，人們開始研究杜甫、學習杜甫，杜甫的地位也越來越高，到最後，人們乾脆將他與李白並稱為「李杜」。

當然，杜甫是完全配得上這種待遇的。你覺得呢？

唐詩小帖

李白寫杜甫的詩不多，質量也不算高，但是卻能表現出他們的深厚情誼。

〈**沙丘城下寄杜甫**〉

我來竟何事？高臥沙丘城。
城邊有古樹，日夕連秋聲。
魯酒不可醉，齊歌空復情。
思君若汶水，浩蕩寄南征。

哪位詩人的作品讓李白都自愧不如？

——昔人已乘黃鶴去，此地空餘黃鶴樓

中國有四大名樓，即湖北武漢黃鶴樓、江西南昌滕王閣、湖南岳陽岳陽樓和山西永濟鸛雀樓。自古以來，這四大名樓就是文人墨客最喜歡遊歷的地方。很多人到這裡都會詩興大發，揮毫潑墨，寫上一首，抒發自己的情懷。

這一年，「詩仙」李白到了黃鶴樓。站在高高的樓上，俯瞰滔滔江水、隱隱沙洲，李白豪氣大發，正準備揮毫題詩時，突然看見牆壁上已經有一首別人的題詩。李白把這首詩仔細看完，大吃一驚：這樣好的詩已經題在牆壁上，自己再寫還有什麼意義呢？於是怏怏地放下了筆。

究竟是什麼人寫的什麼詩，竟然讓不可一世的「詩仙」李白都甘拜下風？

這個人叫崔顥，這首詩就是〈黃鶴樓〉。

崔顥（約公元七〇四至七五四年），汴州人，《唐才子傳》說他是玄宗開元十一年（公元七二三年）的進士，以此推算，崔顥中進士的時候還不到二十歲。在「三十老明經，五十少進士」的唐代，真可以算是少年得志了。與很多神童出身的詩人一樣，崔顥的光芒也似乎只是在中進士前後短暫地閃耀一下，之後就幾乎杳無聲息。據說，他的名聲不是太好，所以當時很多人都不喜歡他，他的一生也十分困頓。

但是，真正的才華是遮掩不住的。有一天，崔顥來到黃鶴樓。

黃鶴樓，在湖北武昌蛇山黃鶴磯頭。傳說，以前這裡有一戶姓辛的人家開了一家酒店。一次，一個道士來喝酒，但沒有錢，店主大方地沒有追究。道士為感謝店主，就在牆壁上畫了一隻黃鶴，每次賓客喝到高興處，黃鶴就從牆壁上飛下來跳舞助興。所以，酒店的生意一天比一天興隆。十年後，道士又來了，他取出笛子吹奏，黃鶴就從牆壁上飛下來，之後，道士騎上黃鶴飛走。

還有一個傳說，古代有一個叫費文偉的人在黃鶴山裡修煉，最後成仙，乘著黃鶴飛上了天。後來，人們為了懷念費文偉，就在這裡修建一座黃鶴樓。

此時，站在黃鶴樓上，崔顥想起這些傳說，又聯想到自己坎坷的身世，提筆寫下一首〈黃鶴樓〉。當時的他也許沒想到，這首詩竟然能讓海內聞名的李白都歎賞不已，更沒有想到，這首詩居然能成為這座名樓的詩歌名片，永遠地流傳下去。

〈黃鶴樓〉

昔人已乘黃鶴去，此地空餘黃鶴樓。
黃鶴一去不復返，白雲千載空悠悠。
晴川歷歷漢陽樹，芳草萋萋鸚鵡洲。
日暮鄉關何處是？煙波江上使人愁。

古代的仙人已經乘著黃鶴飛走，這裡只剩下一座空空蕩蕩的黃鶴樓。黃鶴帶著仙人一去不復返，只有悠悠的白雲在天上飄蕩。從黃鶴樓上俯瞰，晴朗的天空下，漢陽的樹木歷歷可數，江心的鸚鵡洲芳草萋萋。可是我呢？天色已經晚了，我的故鄉在哪裡呢？我要何時才能回到故鄉呢？在這煙波浩渺的江上，悲切的思鄉之情湧上詩人的心頭。

這首詩寓情於景、情景交融、音調和諧，一出來就被人們歎賞不絕。即使是李白，看到這首詩的時候也只是長嘆：「眼前有景道不得，崔顥提詩在上頭！」

雖然李白嘆惜自己寫不出比崔顥更好的黃鶴樓詩，但他心裡還是不服氣，於是仿照崔顥的詩另作了兩首。你讀過這兩首詩嗎？

〈鸚鵡洲〉

鸚鵡來過吳江水，江上洲傳鸚鵡名。
鸚鵡西飛隴山去，芳洲之樹何青青。
煙開蘭葉香風暖，岸夾桃花錦浪生。
遷客此時徒極目，長洲孤月向誰明。

〈登金陵鳳凰臺〉

鳳凰臺上鳳凰遊，鳳去臺空江自流。
吳宮花草埋幽徑，晉代衣冠成古丘。
三山半落青天外，二水中分白鷺洲。
總為浮雲能蔽日，長安不見使人愁。

〈題都城南莊〉背後是一個動人的情愛故事？

——人面不知何處去，桃花依舊笑春風

崔護是中唐時候的一位詩人，於德宗貞元十二年（公元七九六年）考中進士，後來做到嶺南節度使。崔護的詩流傳下來一共有六首，後人稱讚他的詩語言清新婉麗，情感描寫細微深刻。在崔護流傳下來的六首詩中，最有名的就是〈題都城南莊〉，據說這首詩背後還有一個美麗動人的故事呢！

話說崔護起初應試落第，正趕上清明節，便獨自一人到京城南郊遊玩。他走得又累又渴，突然看到一片很大的桃林，桃花盛開，灼灼其華。

崔護走進桃林，發現裡面有一戶人家，房子周圍花木叢萃，十分幽靜。崔護敲了敲屋門，過了很久，裡面有個女孩問：「請問是誰啊？」崔護說：「我是踏青的書生，因為口渴了，

特來討口水喝。」

門「吱呀」一聲開了，只見裡面是一位十分漂亮的姑娘。姑娘迎崔護入內、讓座，又奉上茶水，然後便斜倚在桃花樹下，深情地望著崔護。崔護飲畢，便謝辭而去。女子戀戀不捨，崔護的心也為之所動，邊走邊回頭。

一年後，又是清明節，崔護忽然想起去年在城南所遇之事，情不可抑，便前往尋訪。他又走進去年那個桃林，桃花依舊盛開，在春風裡搖曳著。崔護走到那戶人家門前，敲了很久的門，都沒有人應答。崔護仔細一看，原來門上掛著一把冷冰冰的大鎖。

崔護十分遺憾，於是提筆在門上寫下了這首詩：

〈題都城南莊〉

去年今日此門中，人面桃花相映紅。
人面不知何處去，桃花依舊笑春風。

〈本事詩〉中給〈題都城南莊〉這首詩安上了一個結尾，來看看這個結尾。

過了幾天，崔護又路過這裡，忽聞桃林內有哭聲，便叩門問之。有一老翁出來，見崔護便說：「你就是崔護吧，是你害了我女兒！」崔護大驚。老翁便對崔護說：「我的女兒知書識禮，尚未嫁人。自去年以來常神思恍惚，似有所失。那天她剛巧與我外出，回來看見你在門上所題的詩就病了，數日粒米不進，剛剛斷氣。」說罷又大聲哭起來。

崔護趕緊入門見之。見女子躺在床上，崔護奔至床前，扶起女子的頭，哭著說道：「我在這裡，我在這裡！」過了一會兒，女子睜開了雙眼，再過半日，竟然復活了。老翁大喜，遂將女兒許配給崔護。

寒食節是怎樣的節日？哪位詩人因爲寫〈寒食〉而當了大官？

——春城無處不飛花，寒食東風御柳斜

寒食節是中國古代的一個傳統節日，在清明節之前一兩天。寒食節在古代很重要，曾被稱為中國民間第一大祭日，也是傳統節日中唯一以飲食習俗命名的節日。寒食節這一天，家家戶戶都不能動火，只能吃冷食。後來，寒食節又逐漸增加了掃墓、踏青、玩鞦韆、蹴鞠（足球的前身）等風俗。

關於寒食節的來歷，有這樣一個傳說：

春秋時期，晉國大亂。公子重耳為了躲避禍亂而流亡他國，這一流亡就是十九年。在這十九年中，他的大臣介子推始終不離不棄，跟隨著他，甚至在重耳沒有食物吃的時候，把自己大腿上的肉割下來給他吃。

後來，重耳終於在秦國的幫助下回到晉國，登上王位，也就是晉文公。晉文公登基之後，以前跟隨他左右的大臣都受到重賞，可是介子推不要賞賜，帶著自己的母親隱居到山裡去。晉文公覺得對不起介子推，於是帶人到山裡找，可是不管他們怎麼找，介子推就是不出來。正在晉文公無計可施時，一個大臣獻計說：「大王不如放火燒山，這樣介子推自然就會出來。」晉文公採納這個大臣的建議，下令放火燒山。大火燒了幾天幾夜，整個山都燒焦，還是沒見介子推出來。火滅後，晉文公帶著手下上山查看，發現介子推竟然和母親抱著一棵大樹，都被燒死。

晉文公又震驚又內疚，就將介子推葬在山上，並修建祠廟祭祀他，還下令在介子推死的這一天全國都不許舉火，只能吃冷食，以寄託對介子推的哀思。

這就是寒食節的由來。

由於寒食節這一天不能舉火，所以，到這一天黃昏的時候，皇宮裡會派人送新火到王公貴族家，能夠得到皇宮賞賜新火的，當然也是朝廷的顯貴。這一年的寒食節，全國人民都吃了一天的冷食了。日暮時分，使者們從皇宮出來，帶著蠟燭，去給幾個權貴大臣家送新火。當時的一位詩人韓翃看到這種景象，便寫了一首詩：

〈寒食〉

春城無處不飛花，寒食東風御柳斜。

日暮漢宮傳蠟燭，輕煙散入五侯家。

這首詩前兩句描寫的是寒食節京城的景象：當時正是春天，到處都是鮮花，春風吹過，片片花瓣飄落。大街兩旁栽種的御柳隨著春風搖曳，似乎是在翩翩起舞。到了黃昏的時候，皇宮裡的使者帶著蠟燭，前往權貴家送新火，不久，權貴家裡紛紛飄起輕煙。前面提過唐詩習慣稱唐為漢，所以這裡的漢宮其實指的就是唐朝宮殿；五侯原來指的是西漢末年王家的權貴，他們家曾經有五個人同一天被封侯，所以被稱為五侯，這裡代指的則是唐代的權貴。

韓翃這首詩出來之後，風行一時。不過他自己怎麼也沒想到，這首詩竟然給自己帶來天大的好運氣。

一天半夜，韓翃被敲門聲驚醒，開門之後，來人道賀說：「恭喜員外！皇帝欽點你為駕部郎中，知制誥！」知制誥就是皇帝的秘書，專門為皇帝起草詔令的，地位顯赫。困頓半生的韓翃怎相信有如此好事，愕然說：「必無此事，你一定搞錯了！」對方說：「朝廷缺少一個知制誥，宰相推薦了人上去，皇帝卻沒通過。宰相再請求，皇帝便說：『讓韓翃當』我朝有兩個韓翃，除了大人之外，另一個是江淮刺史。宰相不知道選誰，就把你們兩個都報上去。皇帝親筆御書：『京城無處不飛花，寒食東風御柳斜。日暮漢宮傳蠟燭，輕煙散入五侯家。』又加了一句：『給這個韓翃。』」韓翃此時才知道的確沒有搞錯。

唐詩小帖

古人關於寒食節的詩篇很多，其中不乏佳作。

唐代的伍唐珪家境貧寒，家裡經常揭不開鍋。在寒食節這一天，他給郡守寫信說：「我家裡很窮，靠我釣魚維持生計。寒食節到了，鄰居好意提醒我：『今天你家廚房可不能動火哦。』他們哪裡知道，我家裡已經很久揭不開鍋了。」

〈**寒食日獻郡守**〉
入門堪笑復堪憐，三徑苔荒一釣船。
慚愧四鄰教斷火，不知廚裡久無煙。

唐朝宰相武元衡，年輕的時候也曾經考進士落榜。這一年，他落榜恰逢寒食節，於是寫下這首詩：

〈**寒食下第**〉
柳掛九衢絲，花飄萬家雪。
如何憔悴人，對此芳菲節。

而宋代大文豪蘇東坡被貶黃州的時候，曾留下〈寒食帖〉，直到今天，這〈寒食帖〉都是書法珍品。

韓翃因苦戀寫下〈章臺柳〉，這段感情最後有什麼結局？

——楊柳枝，芳菲節，可恨年年贈離別

在古詩詞中，我們經常會看見「章臺」這個詞。比如歐陽修〈蝶戀花·庭院深深深幾許〉：「玉勒雕鞍遊冶處，樓高不見章臺路」，崔顥〈雜曲歌辭·渭城少年行〉：「章臺帝城稱貴里，青樓日晚歌鐘起」。

章臺究竟是什麼地方？為什麼這麼多詩詞中都有這個詞呢？

章臺原來是漢代長安的一條街，這條街上多青樓賭坊，算是當時長安有名的娛樂一條街。而古代很多詩詞描寫的都是少年遊樂的事情，所以「章臺」這個詞就很常見。到後來，「章臺柳」就成了一個詞牌，很多人都寫過。在眾多寫章臺的詩詞中，韓翃的〈章臺柳〉算是比較著名的一首。而這首詞背後也有一個動人的故事。

韓翃在長安的時候曾與一個姓柳的女子相愛。據說這個女子色藝雙絕，與韓翃關係很好。可是，當時國家處於戰亂之中，韓翃在長安無法容身，於是他便去投奔淄青節度使侯希逸，因畏懼戰禍連連，不敢攜柳氏同去，便將她暫寄長安。臨走的時候韓翃對柳氏說：「妳等我，三年後我一定回來接妳。」

可是，三年後，韓翃未能依約迎柳氏，於是給她寄去一首詩：

章臺柳，章臺柳，往日依依今在否？
縱使長條似舊垂，亦應攀折他人手。

柳樹是古代詩人經常使用的一個意象，因為「柳」與「留」諧音，所以古人經常用柳樹代指離別。但是韓翃用柳卻另有深意。柳枝柔弱，隨風飄蕩，古代女子沒有人格獨立性，只能依託男人生存，所以此處韓翃用柳樹來比喻女子，而自己的情人又正好姓柳，一語雙關。

韓翃在這首詩裡表達了自己的憂慮：儘管我們深深相愛，但適逢戰亂，我又無法陪在妳身邊，即便妳還在，恐怕也被別人搶去了吧？

柳氏回信說：

楊柳枝，芳菲節，可恨年年贈離別。
一葉隨風忽報秋，縱使君來豈堪折？

這首詩的意思是：翠綠的柳條每年都被送行的人們折下來，作為依依惜別的留念。日子一天天過去，我的容顏也一天天老去，縱使有天你回來了，我也已經老得無法再陪伴你。

唐朝平定安史之亂的時候，曾經請回紇等外族軍隊幫忙，所以，當時很多外族的將領都是盛氣凌人、不可一世。後來，韓翃終於回到長安，卻聽說柳氏被一個外族將領沙吒利強占了，而沙吒利權力很大，韓翃根本惹不起，只好把舊情壓在心底。

一次，韓翃在街上遇到一輛牛車，突然聽到車中有女子詢問：「是青州韓員外嗎？」韓翃回答是。原來車中正是柳氏。兩人相約次日相見。次日，柳氏贈給韓翃一個裝著香膏的紅盒子，嗚咽著說：「這就算是永訣的禮物了。」說完上車絕塵而去。

當日，韓翃與朋友喝酒，悵然不樂。朋友奇怪地問：「韓先生平時風流談笑，未嘗不適，今天為何神色慘然？」韓翃以實相告。座中有一個小將許俊，聽後憤然而起說：「我常以忠義剛烈自許，韓先生給我一紙手書，我馬上把柳氏帶到你面前。」座中人一致贊成，韓翃推辭不得，便給了許俊一張字條。許俊策馬而去，直奔沙吒利府。

這天正好沙吒利出門了，許俊對僕人說：「將軍墜馬，形勢危急，命我來請柳夫人。」於是入內宅，把韓翃的字條給柳氏看，之後把柳氏挾上馬，帶到酒樓交給了韓翃。滿座驚嘆。要知道當時沙吒利在平叛中立下大功，代宗皇帝十分信任他，大家憂慮許俊這次可闖下大禍了，於是一起去見侯希逸，告訴他事情的原委。侯希逸扼腕說：「這種事情我年輕的時候就做過，現在許俊居然又犯了！」於是馬上寫表章奏明皇帝，指出沙吒利強搶良家婦女之罪。代宗嗟嘆很久，下旨說：「賜沙吒利絹兩千匹，柳氏歸韓翃所有。」

故事到最後總算是以大團圓告終，但是也看到戰亂給人們的傷害，以及普通人在戰亂中的無奈。

唐詩小帖

〈章臺柳〉一詩中的柳樹代指女子，不過在古詩詞裡，柳樹大多還是代表離別。你能想起幾首以柳樹代指離別的詩詞嗎？

此夜曲中聞折柳，何人不起故園情。——李白〈春夜洛城聞笛〉

羌笛何須怨楊柳，春風不度玉門關。——王之渙〈涼州詞〉

昔我往矣，楊柳依依；今我來思，雨雪霏霏。——〈詩經・小雅・采薇〉

秦樓月，年年柳色，灞陵傷別。——李白〈憶秦娥〉

為近都門多送別，長條折盡減春風。——白居易〈青門柳〉

朝朝送別泣花鈿，折盡春風楊柳煙。——魚玄機〈折楊柳〉

長亭路，年去歲來，應折柔條過千尺。——周邦彥〈蘭陵王・柳〉

張籍的〈節婦吟〉真的是首情詩嗎？

——還君明珠雙淚垂，恨不相逢未嫁時

張籍是中唐詩人，早年因為韓愈的推薦考中進士，後來與白居易也有交往。因為他當過水部員外郎，後來又擔任國子司業，所以，被稱為張水部或者張司業。張籍的詩流傳到今天最有名的就是這首〈節婦吟〉：

〈節婦吟〉

君知妾有夫，贈妾雙明珠；
感君纏綿意，繫在紅羅襦。
妾家高樓連苑起，良人執戟明光裡。

知君用心如日月，事夫誓擬同生死。
還君明珠雙淚垂，恨不相逢未嫁時。

一個美麗的少婦，得到另外一個男人贈送一對珍貴的明珠。她很喜歡這對明珠，把它們繫在自己的胸前。但是女子突然又想到，自己是有丈夫的，而且丈夫家世很好，修了高樓和花園；丈夫的地位也十分顯要，是皇帝的侍衛。女子知道這個追求自己的人是誠心誠意的，但是，在結婚的時候她就發誓與丈夫同生共死。矛盾猶豫和內疚湧上了女子心頭，最後，她含著眼淚把明珠送還男子，說：「最大的遺憾是我們沒在我出嫁之前相逢啊！」

張籍這首詩，表面上看，講的是一個有夫之婦受到別人的追求，並被贈予明珠作為禮物，而女子似乎也對此人有點意思，但怎奈羅敷已有夫，於是只好將明珠還給男子，暗自神傷。但是，在這首詩的詩題下還有一行字：「寄東平李司空師道」，這行字才是揭示此詩真正含義的關鍵。

李師道是誰呢？

中唐以後，藩鎮割據，當時的節度使們為了擴張勢力，用各種手段拉攏文人和官吏，而一些不得意的文人和官吏也紛紛依附他們。李師道是當時藩鎮之一的平盧淄青節度使，又冠以檢校司空、同中書門下平章事的頭銜，其勢炙手可熱。據史載，李師道與當時另外一個節度使王承宗互相勾結，與中央對抗，為了阻止政府軍平定蔡州吳元濟叛亂，他們竟然燒了河陰糧倉，後來又暗殺朝廷官員，做了很多為非作歹的事情。而此前，李師道就想拉攏張籍，讓他為自己效力。張籍對李師道的拉攏顯然是不願意接受，但是李師道、王承宗目無法紀、為所欲為他也是知道的，萬一自己的拒絕惹惱了李師道，他對自己下毒手，那怎麼辦？

因此，如何對這個殺人不眨眼的劊子手說「不」，就成了一個頗費腦筋的問題。

整首詩以女子的口吻寫出，以男女關係喻上下尊卑，這個傳統是從《楚辭》以來就有的。首句說你明知道我有丈夫，還贈我禮物，柔中帶剛，指出對方不守禮法。但是若一直這樣「剛」下去，又恐對方面子上不好看，於是馬上一句話挽回：我也不是完全不喜歡你，我把你贈予的禮物繫在胸前，玩賞不捨。可是我家的家境也是很好的——高樓連苑，丈夫身分也體面——執戟明光，雖然知道你是一片深情，但是我已經和丈夫約定同生共死。這幾句其實也暗示了李師道，自己心屬朝廷，而不在藩鎮。

最後一句「還君明珠雙淚垂，恨不相逢未嫁時。」傳誦千古，不過後人多是從男女情愛方面來玩賞，但是在當時，估計李師道看到這最後一句的時候，即使心裡還是有些不甘願，但是也無可奈何。對方說「不」，卻為你留足了「面子」，如此有禮有節，還有什麼可說的？

張籍終於靠這首詩逃過一劫。之後，憲宗元和十二年（公元八一七年）十月，唐軍攻破蔡州，活捉吳元濟。裴度派人遊說，迫使恆州的王承宗歸順朝廷。憲宗元和十四年（公元八一九年）二月，裴度又派兵攻陷鄆州，作惡多端的李師道被誅殺。

唐詩小帖

張籍在〈節婦吟〉裡使用了「香草美人法」，什麼是「香草美人法」？有哪些詩詞也使用這種手法？

中國古代以男女關係比喻君臣或者上下級關係，以抒發情感的手法就叫香草美人法。這種手法的歷史十分悠久，有人說《詩經》裡就使用過。而大家公認的香草美人法的發明者還是屈原，他在〈離騷〉中使用很多美人、香花、香草的意象，後人認為這是以香草美人比喻君臣之義。後代使用這種手法的詩人也很多。

比如李商隱有一首〈無題〉就使用這種手法：

〈無題〉

八歲偷照鏡，長眉已能畫。
十歲去踏青，芙蓉作裙衩。
十二學彈箏，銀甲不曾卸。
十四藏六親，懸知猶未嫁。
十五泣春風，背面鞦韆下。

這首詩表面上寫一個女子從小到大的成長過程，到十四五歲的時候她還沒出嫁，於是心裡充滿感傷。但是，這個女子也可以指詩人自己，出嫁則指踏上仕途。所以，這首詩可以理解為表現詩人從小努力學習、完善自己，但是長大之後卻報國無門、壯志難酬的悲涼。

朱慶餘是怎樣用「香草美人法」打聽考試情況的？

——妝罷低聲問夫婿：畫眉深淺入時無

前面我們講過，科舉制度始於隋朝，到唐朝逐漸完善。不過，唐朝的科舉考試跟我們現在的考試比起來，很大的區別就在於真正的考試在進入考場之前就開始了。

當時的舉子在考試前，幾乎都有行卷和溫卷的過程。這種做法現在看起來似乎是作弊，但仔細思考一下，也不是沒有可取之處。考生通過行卷和溫卷，讓考官全方位地瞭解自己，認識自己，從某種意義上講，比「一考定終身」還是要科學些。前面講過的王維就是通過考前向岐王、玉真公主等人推薦自己，才考上進士，後面要講到的白居易、杜牧，其實也是通過行卷和溫卷考上進士。

不過，唐代行卷、溫卷最富有傳奇色彩的，應該是朱慶餘了。

朱慶餘是越州（今浙江紹興）人。他年輕的時候到長安參加考試，有人把他推薦給了寫〈節婦吟〉的水部員外郎張籍。張籍一看到朱慶餘的作品，就對他十分欣賞。而且要來朱慶餘的新舊作品二十六篇，藏在袖子裡，見到人就拿出來推薦。人們看到張籍對這個年輕人如此賞識，於是都爭相傳抄朱慶餘的作品，一時間朱慶餘名滿京城。

轉眼間考試將近，雖然有張籍的推薦，朱慶餘還是心懷忐忑：張籍固然是大官，但是他畢竟不是今年科舉的主考官，縣官不如現官，萬一主考官不像張籍那樣賞識自己，前面的努力不都白費了嗎？

聰明的朱慶餘想到一個辦法，就是向張籍打聽考官是否已經受到他的影響賞識自己。但是這種事情當然不好明說，於是朱慶餘用一首詩來委婉地打聽：

〈閨意獻張水部〉

洞房昨夜停紅燭，待曉堂前拜舅姑。
妝罷低聲問夫婿：畫眉深淺入時無？

「閨意」的意思是指男女之情，可是張籍和朱慶餘都是男的，哪裡有什麼男女之情？所以，這首詩的題目就暗示，它是借男女之情來詢問考試的情況，就是說朱慶餘用的也是「香草美人法」。

詩歌的首句即為我們描寫了背景：洞房花燭之後，夫妻恩愛之夜，燕婉甜蜜。可是，東方露曉，新嫁娘將要接受她人生中一次重大的考驗——見公婆。新媳婦初次拜見公婆，心裡難免忐忑不安，為了這次拜見，新媳婦做很多準備，一大早就起來，坐在梳妝台前「當窗理雲鬢，對鏡貼花黃」。可是，裝扮來裝扮去，仍然心有不安：自己化妝的式樣是否是公婆喜歡的呢？於是化妝完畢之後，悄悄地問夫君：「我的眉到底是畫深一點還是淺一點，公婆才會喜歡呢？」

中唐王建有一首〈新嫁娘詞〉，裡面那個新娘子的「小聰明」跟這裡的新娘頗有類似之處：「三日入廚下，洗手做羹湯。未諳姑食性，先遣小姑嘗。」不過，朱慶餘此詩中的新嫁娘顯然不是平常意義上的新娘子，實際上是暗指的自己，而「公婆」則是暗指考官，那麼與新嫁娘燕爾新婚的新郎官，無疑指的就是賞識自己並不遺餘力為自己做宣傳的張籍了。

張籍看到這首詩心領神會，「香草美人法」他自己寫〈節婦吟〉時就用過，對這一套他是十分熟悉的。朱慶餘用這種方法打聽考試，他也用這種方法給朱慶餘回覆：

越女新妝出鏡心，自知明豔更沉吟。
齊紈未足時人貴，一曲菱歌敵萬金。

朱慶餘是越州人，越州出美女，西施據說就出生於越州。於是，張籍乾脆就把他比作越州美女，安慰他：你應該像美女一樣，對自己的美麗有充分的自信。你的文章猶如越女所唱的菱歌，一曲即價值萬金，即便是珍貴的齊紈，也無法買到。其實也就是明白地告訴朱慶餘：放心吧，考官那邊我已經搞定，你就安心參加考試吧！

果然，在張籍的幫助下，朱慶餘最後高中進士。

唐詩小帖

除了朱慶餘行卷、溫卷的故事，還有其他類似的故事嗎？

唐代科舉行卷、溫卷之風十分流行，除了上面提到的朱慶餘的故事，前面我們說過的王維請玉真公主幫忙，後面要講的白居易拜見顧況、以及杜牧受到吳武陵的賞識，都是行卷溫卷的佳話。

中唐的韓愈十分重視獎拔人才，當時很多士子都把自己的作品拿給他，希望得到推薦，其中著名的如賈島、孟郊等後來都成為大詩人。當時牛僧孺來長安考試，就帶著自己歷年的作品去拜見韓愈和皇甫湜，兩人對牛僧孺的作品讚賞不已。為了用更好的辦法提高牛僧孺的名聲，韓愈和皇甫湜二人第二天故意趁牛僧孺不在，到他的旅店回訪。然後在門上題下「韓愈、皇甫湜同訪幾官不遇」十一個字後離開。牛僧孺因此名動京城。

誰曾拿白居易的名字開玩笑？

——野火燒不盡，春風吹又生

〈賦得古原草送別〉

離離原上草，一歲一枯榮。
野火燒不盡，春風吹又生。
遠芳侵古道，晴翠接荒城。
又送王孫去，萋萋滿別情。

相信絕大多數學習過唐詩的人都知道，這首〈賦得古原草送別〉是唐代大詩人白居易的代表作。但是你知道嗎？這首詩背後有一個有趣的故事呢！

白居易（公元七七二至八四六年），字樂天，祖籍山西太原，出身書香門第，很小的時候就對文字非常敏感。白居易曾回憶說，自己六七個月的時候，乳母抱著他在寫有字的屏風下玩，就指著屏風上面的「之」、「無」二字給他看，那時候自己還不會說話，但是心裡已經默默記住這兩個字。後來每逢有人問到這兩個字，自己都能夠應聲指出，屢試不爽。後來，「略知之無」就成了一個成語，意思就是略知一二。

不過，白居易並非方仲永式曇花一現的神童，到五六歲的時候，他便開始學作詩。九歲的時候，他已經諳識聲韻。白居易學習十分刻苦，以至於讀書讀得口舌生瘡，手肘也磨出了厚厚的繭。

白居易就這樣每天辛勤學習，一轉眼，他長大了。這時候，他才知道有考進士這回事。和當時所有的考生一樣，他帶著自己的作品來到長安，去拜訪達官貴人、文壇領袖，行卷、溫卷，為考試做準備。

這一天，他來到當時的著名詩人——著作佐郎顧況的家裡拜訪。

按照當時的習慣，白居易先請僕人通報，並把自己的名片和作品一起交給僕人。顧況是當時非常著名的詩人，經常有考生前來拜訪，希望得到他的幫助，不過其中很多人都沒有什麼才華，這讓顧況十分厭煩。他開始以為白居易也是這樣的無能之輩，於是看著白居易的名片，拿他的名字開起了玩笑：「白居易，白白居住很容易的意思嗎？京城米價很貴啊，白白居住恐怕不是那麼容易的啊！」

說完，顧況放下名片，開始笑著看僕人帶進來的作品，當他看到〈賦得古原草送別〉的時候，收起調侃的笑，眼睛也瞪大了，他轉頭問僕人：「這個年輕人現在何處？」僕人回答：「在門外恭候。」顧況連聲說：「趕快請他進來！」

僕人把白居易帶進來，顧況上前握住他的手說：「我已拜讀你的作品，你真是天才啊！有這樣的才華，在京城白白居住也是容易的啊！」

有了顧況的推薦，白居易聲名大噪，順利地考中進士。

爲什麼說白居易是「魔王」？

白居易是唐代最有影響力的詩人之一。他與元稹一起倡導「新樂府運動」，主張「文章合為時而著，詩歌合為事而作」，寫下了不少反映民間疾苦的詩篇。他的影響力甚至傳到國外。據《舊唐書》記載：雞林國（今韓國）宰相十分喜歡白居易的詩，於是，往來兩國的小販經常把白居易的詩以一篇一百金的高價賣給他。而且宰相對白居易詩歌的鑑賞水平也極高，如果用贋品去哄他，他一眼就能辨別出來，令人驚嘆。日本國史記載：「醍醐天皇稱：『平生所愛《白氏文集》七十五卷是也！』。」嵯峨天皇也曾手抄白居易的詩歌，藏之宮廷，甚至以之考試臣民。日本中國文化顯彰會在白居易墓前立石云：「您是日本文化的恩人，您是日本舉國敬仰的文學家，您對日本文化之貢獻恩重如山、萬古流芳……」契丹國王也曾經將白居易的詩翻譯成契丹文字，詔大臣閱讀。

李白是「詩仙」，杜甫是「詩聖」，而白居易被稱為「詩魔」、「詩王」，所以才說白居易是「魔王」。

誰寫〈賣炭翁〉來斥責宦官之勢？

——可憐身上衣正單，心憂炭賤願天寒

唐朝是中國歷史上宦官專權最厲害的朝代之一。據學者考證，唐肅宗到唐昭宗的十三個唐朝皇帝，有十一個是宦官所擁立，而唐憲宗等皇帝則是宦官謀害的。宦官連皇帝都不放在眼裡，普通大臣當然更不是他們的對手。

唐朝後期的時候，唐文宗不甘心被宦官控制，於是和大臣李訓、鄭注等人策劃誅殺宦官，結果消息走漏，宦官頭目仇士良反倒把李訓、鄭注等大臣滿門抄斬，前後受株連被殺的有一千餘人，史稱「甘露之變」。由此可見，宦官聲勢之囂張。

皇帝和大臣都不放在眼裡，普通老百姓更是宦官案板上的肉，任由其宰割。唐德宗時，宮中派宦官去民間市場採買，稱為「宮市」。本來宦官買東西不是什麼大事，但宦官欺壓人

習慣了，到市場上根本不是公平交易，而是掠奪百姓。他們事先派幾百個人在市場上打聽，看誰賣的貨物比較值錢，然後用很少的錢強行買下貨物。不僅如此，他們還經常要百姓將貨物送到宮裡，卻不支付任何運費，甚至有人的貨物白白被搶走，百姓們都不敢出聲。

當時，有一個農夫，用驢馱著兩捆柴到市場上賣，遇到宦官自稱「宮市」，只用很少的一點絹就買了農夫的柴，還叫農夫把柴送到皇宮。誰想到了宮門口，宦官竟然還想把農夫的驢也搶走。農夫氣憤地說：「我有一家老小，都指望著我掙錢吃飯，你們低價買我的柴也就算了，現在還要搶我的驢，這樣欺負人，我只能以死相拚！」說完就跟宦官扭打起來。周圍的百姓都紛紛指責宦官的無理和貪婪。

白居易聽說此事後十分氣憤，便以這個事件寫了一首著名的詩〈賣炭翁〉：

〈賣炭翁〉

賣炭翁，伐薪燒炭南山中。
滿面塵灰煙火色，兩鬢蒼蒼十指黑。
賣炭得錢何所營？身上衣裳口中食。
可憐身上衣正單，心憂炭賤願天寒！

夜來城外一尺雪，曉駕炭車輾冰轍。
牛困人飢日已高，市南門外泥中歇。
翩翩兩騎來是誰？黃衣使者白衫兒。
手把文書口稱敕，回車叱牛牽向北。
一車炭，千餘斤，宮使驅將惜不得。
半匹紅綃一丈綾，繫向牛頭充炭直。

在這首詩裡，白居易把賣柴的農夫改成賣炭的老人，他這樣寫道：一個年老的賣炭翁，在終南山裡辛苦地砍柴燒炭。長年的辛勞使他的臉上滿是灰塵，臉也因火烤而變了顏色。他兩鬢斑白，十指卻因為燒炭變成黑色的。老翁賣炭為了什麼？只是為買件禦寒的衣服、吃上一頓飽飯。冬天到了，他還穿著單衣，但是害怕炭價太低，卻希望天更冷一點。

昨晚下了一場大雪，地上積雪有一尺厚，一大早，老翁就趕著牛車、裝著木炭，碾過路上的冰凌出發。等他到市場，太陽已經升起來，牛累了、人也餓了，他把車停在市場南門外的爛泥中，等著顧客。不一會兒，來了兩個穿黃衣、罩白衫，自稱皇宮使者的人。他們手裡拿著文書，嘴裡說奉皇帝的命令，要把牛車往北趕到皇宮裡去。一車炭，一千多斤，這些宦官就這樣搶走，只給老翁幾塊不值錢的布料，當作炭價，這樣做，跟明搶有什麼區別？

前面說過，唐朝的宦官勢力很大，連皇帝和大臣都敢殺，小小的百姓他們自然不放在眼裡。可白居易不怕宦官權勢的囂張，敢於寫下這首〈賣炭翁〉斥責他們的殘暴，而且白居易還在此詩標題下面寫一個小序：「苦宮市也。」直接把矛頭對準宦官。這樣的良知和膽識，在中國古代詩人中是不多見的。所以，白居易無愧於「詩王」的稱號。

唐詩小帖

白居易寫過很多關心百姓疾苦的詩，你還知道哪些？

白居易在他《新樂府》的序裡說，自己關注時政、同情百姓疾苦的詩主要有五十首。除了〈賣炭翁〉，其他比較著名的還有諷刺唐玄宗時期窮兵黷武，以致百姓民不聊生的〈新豐折臂翁〉；諷刺皇帝貪戀女色，把大批女子收入後宮，造成很多女子終生悲劇的〈上陽白髮人〉；諷刺皇帝貪圖享樂，濫用民力大興土木的〈驪宮高〉等。

請朋友來喝酒也要寫首詩，誰這麼有趣？

——晚來天欲雪，能飲一杯無

白居易的新樂府詩反映百姓的疾苦，也批評當朝者的昏庸無能，對當時和後世影響都很大。不過，白居易的詩也並不全是這種類型。

白居易把自己的詩分成諷喻、閒適、感傷和雜律四類，其中前兩類是他比較重視的。中國古人講究「窮則獨善其身，達則兼濟天下」。白居易說，自己的諷喻詩就是反映「兼濟之志」，而閒適詩則顯示「獨善之義」，這兩個都是他的生活目標。用現在的話來說，就是一個人既要有高尚的品格和遠大的目標，又要有做人的趣味，懂得享受生活。

享受生活並不是說要大富大貴、鐘鳴鼎食，而是說能夠從哪怕是很簡單平凡的生活中發現人生的美好與樂趣，並且去享受這種美好與樂趣。所以，一個其實不是很壯觀的瀑布，在

李白眼裡就是「飛流直下三千尺，疑是銀河落九天」；一個愛種花的鄰居，就能讓杜甫享受「留連戲蝶時時舞，自在嬌鶯恰恰啼」的美景；哪怕是一隻普普通通的白鵝，也能帶給駱賓王驚奇和美好。白居易就是這樣有趣味、懂得享受生活的人。

白居易曾經因小人陷害而被貶官到江州，就是現在江西九江。初被貶時，他也有痛苦與寂寞，於是寫下了著名的長詩〈琵琶行〉。但是不久，白居易就從低谷中走出來。由於白居易詩名滿天下，所以在江州他結交了很多朋友，其中一個就是劉十九。

劉十九，名劉軻，十九是他的排行。古人的排行不像我們今天是以家庭計，而是以家族計。劉軻是他們家族的第十九個男孩子，所以排行十九。

劉十九是一位文人，曾經中過進士，後來不滿朝廷黑暗，隱居廬山。而白居易也是因為遭小人陷害被貶江州，所以兩個人就成為好朋友。後來，白居易回到長安，可這份友誼還一直保持著。

在一個冬天的夜晚，風呼呼地颳著，外面陰雲密布，眼看就要下雪。白居易在家裡想：這麼冷的天，何不喝點酒呢？於是，他吩咐僕人準備了酒。

唐代的酒是米酒，剛剛釀出來還沒有過濾的時候，上面浮著一些綠色的小泡沫，就像小螞蟻一樣。這時的酒稱為「醅」。古人冬天喝酒的時候一般不喜歡直接喝，而是要在小火爐上溫熱了再喝，此時白居易就是用一個紅泥做的小火爐溫酒。

綠色的泡沫，紅色的火爐，給這寒冷的冬夜增加了溫馨與暖意。

但是，一個人喝酒多寂寞啊，怎麼能不請個朋友呢？白居易想到了好友劉十九。於是，他用詩寫了一封信，叫僕人帶去請劉十九。

〈問劉十九〉

綠螘新醅酒，紅泥小火爐。
晚來天欲雪，能飲一杯無。

劉十九接到這封信之後反應如何，詩裡並沒有說，史書上也沒有記載。但是我相信，他一定十分高興，欣然赴約。因為有白居易這樣一個熱愛生活而且會生活的朋友，經常能創造一些小情調、小驚喜，其實是一件非常幸福的事情呢。

白居易的閒適詩大多取材自生活細節，小巧玲瓏、韻味悠長。

〈早秋獨夜〉

井梧涼葉動，鄰杵秋聲發。
獨向檐下眠，覺來半床月。

〈前庭涼夜〉

露簟色似玉，風幌影如波。
坐愁樹葉落，中庭明月多。

〈花非花〉

花非花，霧非霧，夜半來，天明去。
來如春夢幾多時？去似朝雲無覓處。

白居易爲何非常喜愛只待過三年的江南呢？

——亂花漸欲迷人眼，淺草才能沒馬蹄

中國文化意義上的江南，指的是長江下游的江東地區，以蘇州、杭州為核心，包括長江以南的安徽省、江西省、浙江省的部分地區以及江蘇南部的揚州等地。

江南自古氣候宜人、物產豐富，唐朝時期更是全國最重要的糧倉。同時，這裡經濟發達，物阜民豐，也是歷代文人最喜歡遊玩的地區。唐代的著名詩人們幾乎都到過江南，譬如李白曾經在這裡遊歷，留下「風吹柳花滿店香，吳姬壓酒勸客嘗」的名句；杜甫也曾遊歷江南；就連盛唐著名的「宅男」、一輩子幾乎沒出過遠門的孟浩然，在去長安考進士落榜之後，也到江南遊歷數年，排遣鬱悶。所以，江南不僅以經濟聞名，更以文人薈萃、文化繁盛著稱。

白居易的家鄉在河南，他只在江南做過三年多的官，分別擔任杭州刺史和蘇州刺史。但

是這三年多的時間給白居易留下深刻的印象，尤其是相比於朝廷的明爭暗鬥，江南的秀美閒適給已如驚弓之鳥的白居易提供了一個難得的休憩之境，而江南人民的善良更讓白居易暫時忘記朝中小人對自己的窺視和陷害，一心沉醉進這一片荷香月色。

這一年的陽春三月，草長鶯飛。白居易騎著馬在西湖邊遊玩。湖光山色，美景如畫，詩人喜不自勝，於是寫下這首有名的詩：

〈錢塘湖春行〉

孤山寺北賈亭西，水面初平雲腳低。
幾處早鶯爭暖樹，誰家新燕啄春泥。
亂花漸欲迷人眼，淺草才能沒馬蹄。
最愛湖東行不足，綠楊蔭裡白沙堤。

白居易如此喜愛江南，還有一個原因，那就是他作為地方官，為了江南的繁盛認真工作，做出傑出的貢獻，江南的美景，也是與他的努力有關的。

當時的杭州，經常發生水災。白居易上任後，帶領軍民修築堤壩，後人為紀念他，就稱這座堤壩為「白堤」。幾百年後的宋朝，大文豪蘇軾擔任杭州太守時，也像白居易一樣，為人民謀福利。當時白堤已經年久失修，蘇軾就主持修建另一座堤壩，人們稱之為「蘇堤」。兩位大詩人，都用造福人民的方式為江南的發展做出巨大的貢獻，至今仍受人們的稱讚。

而且，白居易是個清廉的好官。當他在外地當官二十年後回到京城時，竟然湊不夠錢買房子，只好賣了兩匹馬抵償。這樣為民造福又清廉的官員，老百姓怎麼能不愛戴呢？

在離開江南後，江南的美景依然時常浮現在白居易的腦海裡。他思念江南碧綠的春水，思念江邊盛開如火的鮮花。即便他已經離開江南千里之遠，這些美景都如在眼前一般，久久揮之不去。因此，才有了下面這首〈憶江南〉：

〈憶江南〉

江南好，風景舊曾諳。
日出江花紅勝火，
春來江水綠如藍。
能不憶江南？

白居易十分喜歡江南，他的〈憶江南〉有三首，你知道其餘兩首嗎？

〈憶江南〉

江南憶，
最憶是杭州：
山寺月中尋桂子，
郡亭枕上看潮頭。
何日更重遊？

江南憶，
其次憶吳宮。
吳酒一杯春竹葉，
吳娃雙舞醉芙蓉。
早晚復相逢。

詩詞小地理

杭州

——西江天柱遠，東越海門深

杭州，簡稱「杭」，浙江省省會，位於京杭大運河南端，是著名的文化歷史名城。杭州自秦朝設縣以來，已經有二千二百多年的歷史，曾經是吳越國和南宋的都城，也是七大古都之一。杭州風景秀麗，自古有「人間天堂」的美譽。杭州盛產絲綢和糧食，所以也是自古以來重要的經濟中心。

唐朝時朝廷設立杭州郡，後來改為餘杭郡。唐朝末期，這裡已經成為「駢檣二十里，開肆三萬室」的國際性大都會。當時朝廷稱讚說：「江南列郡，餘杭為大。」這樣富庶繁華的

魚米之鄉，當然也是詩人們流連忘返的天堂。所以，自古以來，詩人們留下很多與杭州有關的詩詞。

樓臺聳碧岑，一徑入湖心。——張祜〈題杭州孤山寺〉

為我踟躕停酒盞，與君約略說杭州。山名天竺堆青黛，湖號錢唐瀉綠油。——白居易〈答客問杭州〉

西江天柱遠，東越海門深。——李白〈杭州送裴大澤赴廬州長史〉

普天下錦繡鄉，環海內風流地。——關漢卿〈一枝花．杭州景〉

登高見山水，身在水中央。——王安石〈遊杭州聖果寺〉

房杜王魏之子孫，雖及百代為清門。——元稹〈去杭州〉

欲把西湖比西子，淡妝濃抹總相宜。——蘇軾〈飲湖上初晴後雨〉

倒打錢塘郭，長驅白浪花。——徐凝〈杭州祝濤頭二首〉

浙中山色千萬狀，門外潮聲朝暮時。——劉長卿〈送陶十赴杭州攝掾〉

人老江波釣，田侵海樹耕。——賈島〈送姚杭州〉

長憶西湖勝鑑湖，春波千頃綠如鋪。——范仲淹〈憶杭州西湖〉

楊柳曲江頭，曾記彩舟良夕。一枕楚臺殘夢，似行雲無跡。——趙鼎〈好事近．杭州作〉

誰在病榻中寫詩來展現與白居易真摯的友情？

——垂死病中驚坐起，暗風吹雨入寒窗

憲宗元和十年（公元八一五年），長安發生一件震驚朝野的大事。

這一年的六月三日清晨，天還沒有亮，宰相武元衡和往常一樣，在手下的簇擁下準備去大明宮上朝。武元衡出了自己的府邸，沿著大街前進，剛走出靖安坊東門，就遭到一群早已埋伏在此的刺客刺殺，氣絕而亡。一起上朝的副宰相裴度也受了傷，他拚死逃跑，才撿回一條性命。

堂堂宰相竟然在京城長安被暗殺，究竟是誰敢這樣無法無天？一時間，朝野議論紛紛。其實，很多大臣心裡都明白，刺殺宰相的幕後主使，不外乎就是幾個反對朝廷清剿地方軍閥的節度使，而最主要的就是曾經拉攏張籍卻被拒絕的淄青節度使李師道。

中唐之後，很多將領擁兵自重，割據一方，給國家統一造成了很大的阻礙。元和十年，淮西節度使吳元濟謀反，唐憲宗委任宰相武元衡對吳元濟進行清剿。這個消息讓成德節度使王承宗、淄青節度使李師道感到不安。他們本來就與吳元濟互相勾結，所以，朝廷的清剿勢必會影響他們的地位。於是，李師道和王承宗決定刺殺武元衡等主戰派大臣，他們認為如果武元衡死了，皇帝就失去左膀右臂，清剿吳元濟的計劃也就破產。

於是，六月的清晨就出現堂堂當朝宰相在上朝路上被刺殺的慘案。

吳元濟、王承宗、李師道等節度使割據一方、對抗朝廷的罪行其實很多大臣都知道，但是中唐之後節度使的勢力太大，不僅割據一方，還公開造反，甚至光天化日之下在都城刺殺宰相，大臣們都被嚇破了膽，不敢明說。這就像安徒生的童話《國王的新衣》一樣，大家都知道皇帝沒有穿衣服，卻沒有一個大人敢說，直到一個小孩站出來說出真相。而此時，大唐朝廷裡也出現了這樣一個「小孩」，他就是白居易。

白居易上書朝廷，要求嚴懲凶手。他的大膽行為讓大臣們驚呆也嚇壞了。為保自己的安全，大臣們決定必須懲處大膽的白居易。於是他們找個藉口，說白居易「越職言事」，意思就是討論超過自己職權範圍的事情，藉此把他趕出朝廷，貶到江州（今江西九江）作司馬。白居易被貶的消息很快傳開，一直傳到四川通州（今四川達州）的官署裡，讓另一個人感到極度的震驚。此人就是白居易的好朋友元稹。此時的元稹因為遭人陷害被貶官通州，一直臥病在床。聽到好友被貶的消息後，他受到很大震動，提筆寫下這首詩：

〈聞樂天授江州司馬〉

殘燈無焰影幢幢，此夕聞君謫九江。
垂死病中驚坐起，暗風吹雨入寒窗。

桌上的燈將滅未滅，火苗忽明忽暗，照得屋裡的影子忽大忽小，好像鬼影一樣，在牆上跳著。就在這樣的晚上，我聽到你（白居易）被貶的消息，這個消息震驚得我一下子從床上坐起來，驚訝、氣憤、悲傷、同情、擔心，各種滋味一起湧上心頭。此時窗外風雨大作，窗戶被風「啪」的一聲推開，窗外一片黑沉沉，冰冷的雨點被風吹進屋子，也吹到我的心裡。

後來，白居易看到友人為自己寫的這首詩後說：「即便是不相干的人，看到這首詩也會感動不已，何況是我自己呢？」這件事過去很久之後，每當看到這首詩，白居易心裡都還會悽惻難忍。而這首詩也成了表現詩人之間真摯友情的名篇。

白居易與元稹這對詩人好友，還寫過哪些詩歌表現兩人的友誼？

白居易在〈贈元稹〉中說：「自我從宦遊，七年在長安。所得惟元君，乃知定交難。」白居易把元稹看作自己在長安七年唯一的朋友，可見他對這段友誼的珍視。

據史載，元稹擔任左拾遺和監察御史的時候，敢言直諫、不避權貴，因此，白居易將元稹比作節操凜然的竹：「元稹為御史，以直立其身」、「曾將秋竹竿，比君孤且直」。也因此，白居易毫不隱諱自己對元稹的喜愛：「此外復誰愛，唯有元微之。」

元稹也有大量思念白居易的詩歌作品。他寫與白居易離別的思念時說：「離恨若空虛，窮年思不徹。」冬季大雪，知道友人也在思念自己，元稹寫道：「知君夜聽風蕭索，曉望林亭雪半糊。」白居易給元稹寄來冬衣，元稹答道：「羸骨不勝纖細物，欲將文服卻還君。」元稹被貶為通州司馬時，寫給白居易的詩裡說：「唯應鮑叔猶憐我，自保曾參不殺人。」將白居易比作管仲的知己鮑叔牙，像擔保孔子的弟子曾參一樣為自己的品格作擔保，這是怎樣的信任和默契！

元稹爲悼念早逝的妻子，寫下哪些詩？

——曾經滄海難為水，除卻巫山不是雲

悼亡詩指的是悼念去世的親友，表達悲痛、寄託哀思的詩。這種詩在《詩經》裡就有了。比如〈詩經．綠衣〉寫的就是一個失去妻子的丈夫，在看到妻子生前為自己縫製的衣服時，睹物思人，悲痛不已的故事。

西晉的時候，詩人潘岳的妻子去世。潘岳二十四歲時與妻子結婚，五十歲時妻子去世，兩人相敬如賓二十六年。妻子去世對潘岳的打擊很大，他辭去了官職，為妻子服喪一年，服喪期滿之後，他應朝廷的命令去別的地方做官。即將啟程赴任，潘越去向妻子告別，在妻子的墓前，他寫下三首悼亡詩。這三首詩沒有深奧的句子，也沒有高深的典故，語言簡單，感情深摯，十分感人。潘岳的詩很快成為悼亡詩的代表作，後來，悼亡詩索性成為丈夫在妻子

去世後用來表達悲痛和思念之情的詩。潘岳之後，也有一些詩人寫過悼亡詩，但是水平都無法超過潘岳。到了唐代，一位詩人寫的悼亡詩卻迅速「走紅」，成為悼亡詩中的經典。這位詩人就是元稹。元稹是中唐詩人，也是白居易的好朋友。

元稹二十五歲的時候，娶了當時太子少保韋夏卿的女兒韋叢，那時韋叢二十歲。元稹剛剛踏入仕途的時候，官職很小，俸祿也很低，所以兩人婚後的生活很貧困。但是韋叢很賢慧，任勞任怨地操持著整個家。慢慢地，元稹的官越做越大，家境越來越好，誰知就在這個時候，韋叢卻去世了，年僅二十七歲。妻子的去世對元稹打擊很大。他想到妻子跟著自己吃盡了苦，卻沒過上一天好日子；想到妻子生前操勞的身影；想到兩人一起度過的幸福時光就傷心難過得不能自已。妻子去世後，元稹寫了很多悼念她的詩，其中最有名的有四首，就是〈離思五首（其四）〉和〈遣悲懷三首〉。在〈離思五首（其四）〉中，元稹這樣寫道：

曾經滄海難為水，除卻巫山不是雲。
取次花叢懶回顧，半緣修道半緣君。

這首詩借用了「巫山雲雨」的典故，意思是說，我見識過滄海壯闊，對別處的水就很難看上眼；見識過巫山神女，普通的女子就不會再吸引我的目光。自從妳去世之後，我的身邊經常有很多女子，但是我都沒有正眼瞧過她們，一半是因為我潛心學佛、不再留戀女色；另一半也是因為妳一直還活在我心中。在〈遣悲懷三首〉中，元稹同樣描述自己對妻子的思念和內心的痛苦，比如第二首：

昔日戲言身後意，今朝都到眼前來。
衣裳已施行看盡，針線猶存未忍開。
尚想舊情憐婢僕，也曾因夢送錢財。
誠知此恨人人有，貧賤夫妻百事哀。

這首詩說，妻子在世的時候，兩個人閒聊，聊到以後誰會先去世的話題，當時只是玩笑，沒想到現在就成了擺在眼前的事實。唐朝的風俗，亡者的衣服都要施捨給貧苦的人。妻子的衣服也一件件施捨出去，眼看就要沒有了。但是妻子用過的針線盒詩人卻一直保存著，捨不得打開。韋叢很善良，生前經常勸告元稹，對僕人要寬容、仁慈一些。當時元稹還不以為然，而妻子死後，他才感受到她的溫和與善良。一天晚上，他夢見妻子，夢中妻子又告訴他要體恤下人。於是他拿出一些錢送給僕人們，也算是了卻妻子的心願。這時候，他想起妻子跟自己一起度過的七年時間，竟然沒有一天好日子，一直都很貧寒拮据。現在日子逐漸好了，曾經同甘共苦的妻子卻已經離去，再也回不來，這讓元稹心如刀絞，痛哭失聲。

唐詩小帖

元稹對愛妻的悼亡詩寫得那麼好，爲什麼他在後世的名聲卻不太好？

〈**遣悲懷三首**〉

謝公最小偏憐女，自嫁黔婁百事乖。
顧我無衣搜藎篋，泥他沽酒拔金釵。
野蔬充膳甘長藿，落葉添薪仰古槐。
今日俸錢過十萬，與君營奠復營齋。

閒坐悲君亦自悲，百年都是幾多時！
鄧攸無子尋知命，潘岳悼亡猶費詞。

同穴窅冥何所望，他生緣會更難期！
唯將終夜常開眼，報答平生未展眉。

相比好朋友白居易，元稹在後世的名聲並不好，主要有三個原因：

第一，有人認為元稹後來當大官、甚至當宰相，是投靠宦官的結果。唐朝，尤其是中唐之後，宦官名聲很壞，所以元稹也因此被人認為品行不高。

第二，元稹的悼亡詩寫得很好，但是他並非像他說的那樣「取次花叢懶回顧」，對別的女人一點興趣都沒有，而是緋聞不斷。元稹還曾經與比他大十一歲的女才子薛濤有過一段戀情，後來他又把薛濤拋棄了。而且韋叢去世之後，他很快就再婚，還納了妾。後人對他這種行為十分厭惡。

第三，元稹曾經寫過一個傳奇，名為〈鶯鶯傳〉，裡面講一個姓張的書生在趕考途中與一個叫鶯鶯的女子相愛，並且私訂終身。可是後來，張生考中之後就拋棄了鶯鶯，還辯解說最初是鶯鶯勾引自己，自己沒有禁受住誘惑才被她「拉下水」，後來自己「迷途知返」，毅然與鶯鶯分手。這樣始亂終棄還要為自己辯解的做法讓很多人厭惡。後代人認為元稹筆下的張生其實就是他自己，鶯鶯則是他的遠親崔家的女兒崔雙文，而〈鶯鶯傳〉就是元稹的自傳體小說，因此大家紛紛指責元稹薄情。

元代王實甫以〈鶯鶯傳〉為藍本進行改編，寫出〈西廂記〉，結局改成張生在鶯鶯母親逼迫下上京趕考，最後高中狀元，回來與鶯鶯完婚，皆大歡喜。

竟然有神仙向錢起洩露科舉作文題目？

——曲終人不見，江上數峰青

唐代是詩歌的朝代，當時的人們，上至皇帝，下至平民百姓，甚至和尚、道士、歌姬，很多都會寫詩，有的還留下詩集。這樣的一個時代，其「高考」——科舉考試當然也少不了詩歌。而當時的考生們，在考試之前，也會拚命複習，猜測今年的「高考作文」會考什麼，甚至也會猜題、押題，希望自己能考出最高水平。

玄宗天寶十年（公元七五一年），科舉考試又要開始了。考生們雲集長安，其中有一個叫錢起的，他非常希望自己這次能考中，因為他之前已經多次落榜。但是唐朝的進士十分難考，有「五十少進士」的說法，意思是五十歲考中進士都算年輕。所以，錢起對這次考試能否高中，心裡一點底都沒有。

考前一晚，錢起十分緊張，翻來覆去睡不著，只好起來在旅店的庭院中散步。此時庭院中萬籟俱寂，錢起正一個人踱步，忽然聽見隱隱傳來吟誦詩句的聲音，聲音很小，時有時無，聽不太清楚。錢起皺著眉頭，豎起耳朵努力聽，但前面的還是聽不清，只聽到最後兩句：曲終人不見，江上數峰青。錢起覺得這兩句簡直太美，不禁輕聲詢問：「請問是誰在吟詩？」然而並沒有人回答，吟詩的聲音徹底消失了。錢起四下張望，哪裡有什麼人？他不由地想：難道是神仙？話說錢起回到房間後，那兩句詩卻一直縈繞在他腦海中揮之不去。

第二天，錢起走進考場，打開卷子，看見試帖詩（唐朝科舉試卷要求作的詩）的題目是〈湘靈鼓瑟〉，即要求寫一首關於湘水上神仙彈奏瑟的詩。寫詩講求韻律，所以試帖詩都要規定韻腳，而錢起發現卷子上的韻腳竟然和昨晚在院中聽到的兩句詩的韻腳一模一樣！他大喜過望，根據這兩句詩，再加上自己的想像，寫了一篇「高考作文」：

〈省試湘靈鼓瑟〉

善鼓雲和瑟，常聞帝子靈。馮夷空自舞，楚客不堪聽。
苦調淒金石，清音入杳冥。蒼梧來怨慕，白芷動芳馨。
流水傳湘浦，悲風過洞庭。曲終人不見，江上數峰青。

傳說上古的舜帝巡視天下時去世了，就葬在蒼梧山。他的兩個妃子——娥皇和女英知道之後悲痛萬分，她們的眼淚滴在竹子上，竹子也從此變得斑斑點點，這就是「斑竹」的由來。後來，兩個妃子投湘水自盡，化為湘水女神。她們經常在水邊鼓瑟，用音樂寄託自己的哀思。這首詩寫的就是這個故事。

錢起在詩中寫道：我很早就聽說過湘水女神的傳說，她們輕撫雲和瑟，演奏出淒涼寂寞的樂音。哀婉的音樂感動得水神馮夷翩然起舞，卻讓那些被貶經過湘水的人更覺淒涼，不敢聽下去。悽苦的音調甚至連金石都打動了，而清亢響亮的樂音消失在無盡的長空裡。這優美哀怨的音樂傳到蒼梧山，一定也會打動埋骨在此的舜帝魂靈吧！就連山上的白芷都吐出清幽的芬芳，與動人心魄的瑟聲相應和。於是，這瑟聲與香味一起流傳到湘水，隨著一陣悲苦的風吹過洞庭。最後，瑟聲停止了，不知道是誰在演奏，江上只有幾座青山，默然無語。

據說，主考官看見此詩後拍案稱奇，大為讚賞，立即圈點了錢起的名字。錢起終於考上進士。這首詩由傳說中的湘江神靈鼓瑟開始，描寫音樂的淒涼和感人，著力渲染馮夷、楚客、金石甚至舜帝的英靈對音樂的感受，然後在「流水傳湘浦，悲風過洞庭」一句達到高潮。但是最妙的還是最後兩句，這兩句將人們由幻想拉回現實，由熱鬧拉回安靜，彷彿一首催人淚下的樂曲，在情感達到最高點的時候戛然而止，留給人們無限的想像和回味。

而這首詩被後人評價最高的也是最後兩句。回到我們前面的故事，可以知道，這兩句並不是錢起自己寫的，而是晚上聽來的。可當時周圍確實沒有人，到底是誰在吟誦詩句呢？難道真的是神仙？或許是神仙憐憫錢起多次落第，所以特地來助他一臂之力？不曉得「如有神助」是不是這個意思啊。

唐詩小帖

「曲終人不見，江上數峰青」歷來為後人歎賞，很多詩人都把這兩句化用或引用在自己的作品中。

如蘇軾的〈江城子〉：

〈**江城子** **湖上與張生同賦，時聞彈箏。**〉

鳳凰山下雨初晴，水風清，晚霞明。一朵芙蕖，開過尚盈盈。
何處飛來雙白鷺，如有意，慕娉婷。
忽聞江上弄哀箏，苦含情，遣誰聽！煙斂雲收，依約是湘靈。
欲待曲中尋問取，人不見，數峰青。

再如秦觀的〈臨江仙〉：

〈**臨江仙**〉

千里瀟湘挼藍浦，蘭橈昔日曾經。
月高風定露華清。微波澄不動，冷浸一天星。
獨倚危檣情悄悄，遙聞妃瑟泠泠。
新聲含盡古今情。
曲終人不見，江上數峰青。

韓愈因何事得罪皇帝而付出了慘痛代價？

——雲橫秦嶺家何在？雪擁藍關馬不前

憲宗元和十四年（公元八一九年），長安城傳出一個讓人震驚的消息：當朝皇帝派宦官杜英奇等三十人到鳳翔法門寺迎佛骨！

佛骨是什麼？皇帝為什麼要派出這麼多使者去迎呢？

佛骨又叫佛骨舍利，是指佛教祖師釋迦牟尼圓寂（去世）後，遺體火化得到的遺骨和珠狀寶石的生成物。傳說，公元二千五百年前釋迦牟尼圓寂，弟子們火化了他的肉身，從灰燼中得到了一塊頭頂骨、兩塊指骨、四顆牙齒、一節中指指骨舍利和八萬四千顆珠狀真身舍利子。佛祖的這些遺留物被佛教徒視為聖物，爭相供奉。

佛教是在西漢末期傳入中國，到了唐代，佛教的發展達到鼎盛。武則天特別尊崇佛教，

而且大肆修建寺廟佛塔，造成舉國上下崇佛的局面。

唐憲宗時，鳳翔法門寺有一座護國真身塔，塔內有釋迦牟尼佛指骨舍利一節，每三十年，寺中僧人就將舍利請出供養，舉辦法事，祈禱國泰民安。唐憲宗也信仰佛教，因此，這一年他就派使者到法門寺，要把指骨舍利請進宮中供養。

中唐之後，舉國上下都崇信佛教，現如今連皇帝都要供奉佛指舍利，於是上至王公貴族，下至平民百姓更加癲狂了。他們有錢的就施捨錢物，沒錢的甚至自殘身體以表示虔誠。

然而這時候，有一個大臣站出來，旗幟鮮明地反對皇帝崇信佛教。他就是韓愈。

韓愈是中唐詩人、散文家，也是一個堅定的儒家學派捍衛者。他認為崇信佛教對儒家學派在中國的統治地位有很大的威脅，於是便給皇帝上了一個奏章，堅決反對佛教，這就是有名的〈諫迎佛骨表〉。

韓愈在奏章中說佛是「外國人」，與中國言語不通，又不支持儒家的經典，不知道君臣父子的道理，甚至說佛骨是「枯朽之骨，凶穢之餘」，應該把它燒燬，扔進水裡，不能讓它為害後世。更大膽的是，韓愈竟然說從東漢明帝以來，好佛的皇帝大多短命，好容易有一個在位時間比較長（四十八年）的梁武帝，卻死得太難看——被叛將侯景餓死在臺城。於是，韓愈得出結論：「佛不足信，亦可知矣。」

皇帝看到奏章後大怒，他把奏章拿給大臣們看，堅決要治韓愈死罪。宰相裴度向皇帝求情，說韓愈只是崇信儒家思想，才有這樣的言論。皇帝說：韓愈說我崇信佛教太過分，這些我都能接受。可是他說信奉佛教的皇帝都是短命的，這簡直是在詛咒我！他怎麼能如此狂妄？皇帝越說越惱怒，但最後還是在大臣的勸諫下，免除韓愈的死罪，下詔貶謫韓愈為潮州刺史。

險遭殺身之禍的韓愈神色黯然地離開了京城，前往千里外的潮州。走到離京師不遠的藍田縣時，他的侄孫韓湘趕來送行，韓愈見到侄孫，百感交集。

他對韓湘說：我早上把奏章遞交到朝廷，晚上詔書就下來了，把我貶到千里外的潮州。我只是想為大唐帝國興利除弊，所以我並不怕把這副老骨頭斷送在朝廷上！

可是，為了說句真話，韓愈付出慘痛的代價。「雲橫秦嶺家何在？」似乎是一句讖語。因為韓愈離京的時候十分倉促，坐著驛車就匆匆出發，而他離開之後不久，他的家人也被遣逐。他的小女兒在路上病死，但是無法安葬，只好草草葬在驛站旁的山下。藍關的積雪擋住了前路，馬似乎也感受到詩人的悲愴，舉步不前。詩的結尾更沉痛，但是又略微有一些苦澀的幽默：我知道韓湘你為什麼來，你一定是前來準備為我收屍的吧？

〈左遷至藍關示侄孫湘〉

一封朝奏九重天，夕貶潮州路八千。
欲為聖朝除弊事，肯將衰朽惜殘年！
雲橫秦嶺家何在？雪擁藍關馬不前。
知汝遠來應有意，好收吾骨瘴江邊。

廣東潮州在唐代幾乎是蠻荒之地，當地有鱷魚為患，還經常發水災。而且由於地處偏遠，文化也不發達。韓愈到潮州之後，首先驅除鱷魚，為百姓除了一害；之後他聘請教師、開辦學校，提高人民的文化水平；他又解救因欠債而被賣為奴隸的人，還帶領百姓興修水利，以減水患。

韓愈在潮州只當八個月的刺史，卻為人民做了不少好事，被後人永遠懷念。

韓愈是「唐宋八大家」之首，也是著名詩人，他還有哪些詩文佳作呢？

韓愈的散文十分聞名，流傳千古。現在，他的散文〈馬說〉與〈師說〉仍然是國文課重點篇目。除此之外，他的詩也多有佳作，著名的有：

〈春雪〉

新年都未有芳華，
二月初驚見草芽。
白雪卻嫌春色晚，
故穿庭樹作飛花。

〈聽穎師彈琴〉

昵昵兒女語，恩怨相爾汝。
劃然變軒昂，勇士赴敵場。
浮雲柳絮無根蒂，天地闊遠隨飛揚。
喧啾百鳥群，忽見孤鳳凰。

躋攀分寸不可上，失勢一落千丈強。
嗟余有兩耳，未省聽絲篁。
自聞穎師彈，起坐在一旁。
推手遽止之，濕衣淚滂滂。
穎乎爾誠能，無以冰炭置我腸！

〈早春呈水部張十八員外二首（其一）〉

天街小雨潤如酥，
草色遙看近卻無。
最是一年春好處，
絕勝煙柳滿皇都。

「推敲」一詞的由來與熱愛詩歌的和尚賈島有什麼關聯呢？

——鳥宿池邊樹，僧敲月下門

我們現在都把仔細思考問題或者文章的過程叫「推敲」，你知道「推敲」這個詞是怎麼來的嗎？它又與唐代哪位詩人有關呢？

說起「推敲」，必須要說到一位詩人，他就是賈島。

賈島出身寒微，以至於史書上都沒有記載他太多的事情，我們現在只知道他三十歲以前曾經多次參加科舉考試，可是都沒有考中，再加上生活困難，所以他就出家當和尚，法號五本。當了和尚的賈島並沒有放棄對詩歌的熱愛，他說自己一天不寫詩，心就成了一口乾枯的井。而賈島亦寫詩成痴，不管什麼時間、什麼地方，他都在想寫詩的事，他只要一進入詩歌的世界，就會馬上忘記身邊的人和事。終於有一天，賈島惹禍了。

這一天，他騎著毛驢走在長安的大街上，突然想寫一首詩，描繪自己隱居的朋友李凝的家。題目就叫〈題李凝幽居〉：閒居少鄰並，草徑入荒園。鳥宿池邊樹，僧推月下門。過橋分野色，移石動雲根。暫去還來此，幽期不負言。

這首詩描寫李凝居住環境的清幽，也刻畫了李凝不喜歡世間繁華而追求閒適自由生活的高尚情操。賈島對這首詩基本上是滿意的，只是對其中的一個字感到為難：到底是「僧推月下門」好呢，還是「僧敲月下門」好呢？賈島騎在驢子上拿不定主意，於是伸出手，一會兒模擬敲的動作，一會兒模擬推的動作，全然忘了他正走在車水馬龍的大街上，更沒注意到驢子竟然衝進一群侍衛的隊伍中。

等賈島反應過來，他已經被侍衛們從驢子上拖下來，反剪著雙手，押起來了。只聽侍衛向後面一個大官模樣的人稟報：稟告韓大人，這個和尚像是沒長眼睛，竟然衝進大人的儀仗隊伍裡。原來，這位大官就是當時的京兆尹，相當於今天北京市市長的韓愈。

韓愈聽了稟報，看到這個和尚眉清目秀，似乎很有才華的樣子，就問他：你為什麼要闖我的儀仗隊？

賈島回答說：小僧不是故意衝撞大人，只是因為小僧在構思一首詩，裡面有一個字決定不下，思考入神，所以才犯了大錯。

韓愈一聽說作詩，馬上有興趣，忙問賈島：你作的什麼詩？

賈島把所作的詩和對敲、推二字的猶豫不決告訴了韓愈，韓愈不但沒有責怪賈島，反而跟他一起思考起來，最後韓愈說：我覺得還是用「敲」好些。於是，賈島就採納韓愈的建議，使用了「敲」字。原詩最終改為：

〈題李凝幽居〉

閒居少鄰並，草徑入荒園。
鳥宿池邊樹，僧敲月下門。
過橋分野色，移石動雲根。
暫去還來此，幽期不負言。

這件事情之後，韓愈把賈島帶到自己府中，跟他談詩論文，二人成了很好的朋友。後來，韓愈還幫助賈島揚名，而賈島在韓愈的幫助下終於考上進士。韓愈和賈島的交往也成為一段佳話。從那以後，人們就把仔細思考叫作「推敲」。

賈島的有名詩作是哪一首？他爲何無意間得罪皇帝？

賈島的詩現存最有名的應該是〈尋隱者不遇〉了：

〈尋隱者不遇〉

松下問童子，言師採藥去。

只在此山中，雲深不知處。

賈島作詩成痴，對自己的作品十分珍愛。有一天，唐宣宗微服出訪，到寺院遊玩，聽見樓上有人吟詩，就到樓上去看，而樓上吟詩的人正是賈島。宣宗看到賈島面前的案上放著詩稿，就直接拿過來看。賈島一見對方衣著鮮明，以為是附庸風雅的紈褲子弟，便毫不客氣地奪過詩稿，還把宣宗批駁了一通：「看你衣服這麼華麗，肯定是富家公子吧？你們這種人，哪裡懂得作詩呢？」宣宗畢竟有涵養，沒有跟賈島計較，只是默默下樓去。賈島就此得罪了皇帝，結果一生都很困頓，只做了幾任小官。

每到歲末，賈島都會把自己一年所作的詩供於案上，焚香再拜，說：「這是我一年來的苦心之作啊！」之後再痛飲美酒，反覆吟誦自己的詩作。

孟郊爲何會寫出傳誦至今的〈遊子吟〉？

——慈母手中線，遊子身上衣

想必大多數中國人都知道〈遊子吟〉這首詩，它是唐代著名詩人孟郊的作品。那麼，孟郊為什麼要寫這首詩呢？

據說孟郊年輕的時候就到長安參加科舉考試，他和其他考生一樣，奔走於達官貴人和文壇領袖們的府邸，把自己的作品投遞上去，希望獲得他們的肯定，甚至推薦。但是，當時很多官員只看重考生的家庭背景，只關心他們是否出生於有權有勢的人家，並不注重他們的才華。孟郊的父親當時只做到縣尉這樣的小官，所以，對孟郊這樣出身低下的考生，大人物們往往是正眼都不瞧一下。是故，孟郊奔走於豪門之間，換來的只是滿頭的灰塵和滿心的失望。

在長安待了多年，孟郊參加過好幾次科舉考試，可惜都落榜。原本來長安應試，他就已

經花光家中所有積蓄，而屢試不第更是讓他的生活變得愈加艱難，他經常忍饑挨餓。有一次他要搬家，找朋友借車，結果朋友的車來了之後，他苦笑著發現，自己的傢俱竟然還沒有車多。終於，在四十六歲的時候，孟郊考上進士。長久以來的艱辛和苦難終於獲得回報。孟郊大喜過望，寫下一首無比欣喜的詩：

〈登科後〉

昔日齷齪不足誇，今朝放蕩思無涯。
春風得意馬蹄疾，一日看盡長安花。

但是，孟郊開心得太早一些，由於各種原因，朝廷並沒有在他考中進士後馬上封他官職，而是過了四年，才授予他溧陽縣尉這樣一個小官，而這時候，孟郊已經五十歲。據說孟郊當溧陽縣尉之後，並沒有把心思放在工作上，仍然每天遊玩作詩。無奈之下，上司只好僱一個人來幫他處理工作，並分去他一半的俸祿。

而對於孟郊來說，最重要的事是自己終於當官，有了穩定的工作和生活環境，於是他開始籌劃多年來一直想做的一件事：把母親接來同住。終於，孟郊的母親被接來了，孟郊到溧水邊迎接。走在路上，他想起這些年來母親對自己的養育之恩，不禁感慨萬端，於是寫下這首千古絕唱：

〈遊子吟〉

慈母手中線，遊子身上衣。
臨行密密縫，意恐遲遲歸。
誰言寸草心，報得三春暉。

古人有一種風俗，每當家裡有人要出遠門時，母親或者妻子總是會為他縫製衣服。縫製的時候，她們都會把針腳縫得密密的，因為她們相信，針腳縫得越密，遠行的人就越能早點回家。

孟郊五十歲才當上官，才有條件把母親接來供養。而在此之前，他多少次離家遠行，母親又多少次為他縫製衣服？他一直想報答母親的養育之恩，可是命運坎坷始終未能如願。如今，他終於有這個能力，可是自己都已經五十歲，母親更是年事已高。相比母親對自己如春天陽光般厚博的愛，區區小草一樣的自己，怎麼能報答得了呢？

中國的「母親花」是什麼花？

每到母親節的時候，很多人都會買康乃馨送給母親，表達對母親養育之恩的感激之情。但是，在康乃馨從西方傳入中國之前，中國也是有自己的母親花，就是萱草花。

古代遊子遠行之前，都會在北堂種下萱草，希望減輕母親對孩子的思念，讓母親忘卻煩憂。王冕〈偶書〉有：「今朝風日好，堂前萱草花。持杯為母壽，所喜無喧嘩。」陶淵明的〈飲酒．其四〉有：「泛此忘憂物，遠我遺世情。」可是，遊子遠去天涯，時日長久，母親倚門望子，如何看得見堂前的萱草花。只有孩子平安歸來，母親才能忘卻煩憂，臉上才會重新浮上笑顏啊。

孟郊多次落第，每一次對他來說都是雙重打擊：一是他的前途又一次化為泡影；二是他想到母親還在家裡倚門而望，等待自己的好消息，這更讓他肝腸寸斷。所以在一次落第之後，他寫了這首詩：

〈遊子〉

萱草生堂階，遊子行天涯。
慈親倚堂門，不見萱草花。

終身無法參加科舉考試的李賀，他一生的夢想是什麼？

——男兒何不帶吳鉤，收取關山五十州

韓愈寫過一篇〈馬說〉，其中有這麼一句話：「世有伯樂，然後有千里馬，千里馬常有，而伯樂不常有。」這句話說明人才難得，能發現人才的人更難得。而韓愈就是這麼一個善於發現人才的人。他在當了官、有一些名氣之後，最喜歡做的事就是發掘年輕或者生活困頓的人才，給他們幫助、助他們揚名。比如他賞識賈島，就幫賈島推銷他自己，最後賈島考上進士；孟郊雖然年紀比韓愈大，但也是多次科舉落榜，因此，韓愈也給他不少幫助，最後孟郊也考上進士。

韓愈還幫助過一個人，他就是李賀。

李賀很小的時候就開始寫詩，十多歲的時候，他的詩已經名動京城。韓愈看了李賀的詩

之後有些不相信：這麼小的孩子怎麼能寫出這麼好的詩？於是，他決定與好朋友皇甫湜一起登門，親眼見見這個眾人口中的「神童」。兩人到李賀家之後，現場出題讓李賀作詩，李賀提筆就寫，兩人看後大驚，終於相信眼前這個十多歲的孩子真的是神童。為表示對李賀的看重，兩位前輩決定親自提前為李賀舉行束髮儀式。

古時候，男孩子在成年之前，頭髮是綰成兩個髮髻，梳在腦後，稱為「總角」；二十歲成年的時候，則把頭髮梳成一個髮髻，稱為「束髮」，這時候就可以戴帽子了，也稱為「加冠」。韓愈和皇甫湜來找李賀的時候，李賀就是「總角而出」。看了李賀的詩之後，韓愈讓李賀騎著自己的馬跟自己一起回府，並與皇甫湜一起，親自為李賀束髮。從此，李賀更是名震京師。這樣的神童，有這樣的才華，如果參加科舉，考上進士自然如探囊取物，可是李賀卻不敢參加科舉，因為他有一個心病。

古人十分注重避諱，對父輩或祖輩的名字更是要避諱，見到父輩或祖輩名字中的字，他們一般選擇不讀或者用其他字代替，甚至如果自己的官職中有父輩或祖輩名字中的字，寧可辭官也不能犯父諱，否則就會被別人指責為不孝。李賀的父親叫李晉肅，當時的人們就說，進士的「進」與「晉」同音，所以李賀不能去考進士，否則就是犯父諱不孝。

面對這樣的指責，韓愈仗義執言，他專門寫了一篇文章〈諱辯〉，為李賀爭取資格。他諷刺那些阻止李賀參加考試的人說：父親的名字有個「晉」字，兒子就不能參加進士考試，如果父親的名字裡有個「仁」字，兒子是不是就不能做人了呢？

韓愈的論證鏗鏘有力，但是人言可畏，李賀最終沒敢參加科舉考試。李賀空有一腔熱血，一身才華，卻無法施展，這種痛苦與悲涼伴隨著他走完短暫的一生。他經常希望自己能成為一匹駿馬，佩戴著黃金做的籠頭，馳騁大漠，建功立業。所以他寫了這首詩：

〈馬詩〉

大漠沙如雪，燕山月似鉤。

何當金絡腦，快走踏清秋。

他對自己無法施展才能、建功立業，只能終身咬文嚼字的生活十分厭惡，於是寫詩說：

〈南園〉

男兒何不帶吳鉤，收取關山五十州？

請君暫上凌煙閣，若個書生萬戶侯？

但是，夢想終究只是夢想，對李賀來說，這個夢想太遙遠了，他用一生都實現不了，何況他的一生實在太短暫。李賀二十七歲的時候就去世，這個神童最終沒能如駿馬一樣馳騁沙場，他的英年早逝留給後人的只是無盡的嘆息。

唐詩小帖

李賀到底有多愛作詩？

史籍記載說，李賀每天早晨出去，騎著一匹弱馬，帶著一個小奴，背著一個錦囊。路上想到佳句，就記下來扔進囊中。晚上回來的時候，他母親就讓丫鬟看囊中字條多少，如果很多，就會大怒說：「這孩子要把心都嘔出來才罷休啊！」晚飯後，李賀就命丫鬟把字條拿出來，研墨作詩，非大醉、弔喪，天天如此。

柳宗元被貶官後，經歷了什麼讓他寫下〈江雪〉？

——孤舟蓑笠翁，獨釣寒江雪

前面我們講過，唐代的科舉主要有兩個科目，一個是進士科，一個是明經科。進士科考試難度很大，明經科則相對簡單一些，所以，當時人們說五十歲考上進士都算年輕。前面講過的孟郊就是考了大半輩子，直到四十六歲才考上，五十歲才做一個小官。不過這在當時也算是很平常的事情。但是，中唐有一位詩人，二十歲就考上進士。

他就是柳宗元。

柳宗元考上進士之後，一直做到監察御史的官職。這時候展現在他面前的是一條金光大道，柳宗元也決心要充分施展自己的才華，報效國家。

後來，唐順宗即位，宰相王叔文、王伾進行一系列改革，包括懲治貪官、取消宮市（前

面講白居易時談到當時宦官對民間巧取豪奪的政策）等。改革遭到了宦官集團的強烈反對，還不到一年，唐順宗就被宦官廢黜，第二年就被宦官害死。宰相王叔文、王伾也都被撤職，一個被賜死，一個生病而死。而參與改革的八個主要官員，包括柳宗元和劉禹錫，都被貶到偏僻的地方當司馬。這就是著名的「二王八司馬」事件。

柳宗元被貶到永州，就是現在的湖南零陵。

突然遭遇如此重大的打擊，柳宗元十分悲傷。他在永州的一條小溪邊買下一塊地。這條小溪，當地人叫冉溪，然而柳宗元把它改名為愚溪。他在溪邊修建房屋、開挖池塘，並把周圍的丘、泉、溝、池、堂、亭、島命名為愚丘、愚泉、愚溝、愚池、愚堂、愚亭、愚島。

柳宗元說：溪水方位低下，不能用來灌溉；水流太急，又多礁石，大船無法進入；水道幽邃淺狹，蛟龍也不屑於在此停留。是故對世人沒有作用，但是正好適合我。

剛到永州半年不到，柳宗元的母親就因為不適應這裡的氣候去世了，柳宗元也得重病。可是，這時候的柳宗元已是罪臣，沒有人能幫助他，他想，自己大概要在這裡了此殘生。

一個冬日，永州下起大雪，白雪覆蓋了周圍的一切，山頂、平地，到處一片白茫茫。寒冷使鳥兒都不願高飛，人更是躲在家裡不敢出來。而柳宗元卻一個人在江邊踱步。自從被貶謫以來，他總是喜歡一個人散步，似乎只有這樣，才能忘記痛苦與悲哀，排遣孤獨與寂寞。

他走著走著，突然看見茫茫的江面上有一個小黑點，一動不動地停在那裡。柳宗元很好奇，又走近一些仔細看，才發現那是一條停在江面上一動不動的小船，而在小船上，一個戴著斗笠、披著蓑衣的漁翁正在靜靜地垂釣。

天很空，地也很空，但是這個漁翁似乎並不在意這些，天地間只有這一條小船，只有這一個漁翁，不顧嚴寒和孤寂，靜靜地浮在這江面上。

柳宗元被這番景象打動，寫下這首〈江雪〉：

〈江雪〉

千山鳥飛絕，
萬徑人蹤滅。
孤舟蓑笠翁，
獨釣寒江雪。

唐詩小帖

柳宗元還有一首〈漁翁〉很有名，你讀過嗎？

〈**漁翁**〉

漁翁夜傍西巖宿，曉汲清湘燃楚竹。
煙銷日出不見人，欸乃一聲山水綠。
迴看天際下中流，巖上無心雲相逐。

劉禹錫到底寫了怎樣的桃花詩害自己再次被貶官？

——玄都觀裡桃千樹，盡是劉郎去後栽

柳宗元和劉禹錫是一對好朋友，他們兩人都是年輕時就嶄露頭角，柳宗元二十歲就考中進士，劉禹錫考中進士的時候也才二十一歲；兩人都參加永貞革新，革新失敗之後，兩個人都被貶，柳宗元被貶到永州，而劉禹錫被貶到朗州（今湖南常德）。正值人生黃金時期，結果被貶到蠻荒之地，這對劉禹錫的打擊很大。他曾經感到痛苦、寂寞、悲涼、失意，也希望有一天能迎來自己人生的轉折。在被貶十年之後，這個轉折似乎到來了。

這一年，朝廷下詔，讓被貶的罪臣重返京城。這可能意味著自己的命運會得到改變，所以大家都對此充滿希望。劉禹錫回到久違的京城，比起十年前，這裡已經有很多變化。比如京城現在有一座道觀，叫玄都觀。玄都觀裡種上千株桃樹，每到春天，萬朵桃花爭相盛開，

像雲霞一樣燦爛，吸引得滿京城裡的人都爭相觀看。劉禹錫很好奇，也跟著去看，回來之後，他就寫了一首詩：

〈元和十年自朗州至京，戲贈看花諸君子〉

紫陌紅塵拂面來，無人不道看花回。
玄都觀裡桃千樹，盡是劉郎去後栽。

戲贈就是開玩笑贈給誰的意思，這首詩的題目就是說開玩笑贈給那些看桃花的人。劉禹錫在這首詩裡寫道：京城的大街上，塵土飛揚，人山人海，街上的每一個人都說自己剛剛從玄都觀賞花回來。玄都觀裡有上千株桃樹，其實都是我劉禹錫離開京城之後栽的。

這首詩好像並沒有說什麼敏感的事情，但是當時的高官們看到之後卻勃然大怒，覺得劉禹錫是在諷刺他們，於是把劉禹錫貶到更遠的連州去當刺史，柳宗元也被貶到廣西柳州。

這是為什麼呢？原來，劉禹錫這首詩還真是一首諷刺詩。詩中的桃樹，比喻的是藉著陷害劉禹錫、柳宗元等堅持改革的大臣而登上高位的那些高官。所以，這首詩後兩句的意思其實是：朝廷裡那麼多如桃花般顯要的高官，大概都是我走之後登上這個位置的吧？

柳宗元和劉禹錫的這次貶謫，一貶就是十四年。柳宗元最後也沒能回到京城，而是死在柳州。而劉禹錫熬過這段艱難的時期，十四年後又回到京城。從他三十多歲被貶，一共二十四年，再回京的時候，已經是五十多歲的老人了。

回到京城的劉禹錫不甘寂寞，又去玄都觀。此時的玄都觀裡已經沒有桃樹，原來的桃園也荒蕪，只種一些菜，還有大片的雜草。劉禹錫想起十四年前自己寫桃花詩惹的禍，還是耿耿於懷，於是他又寫了一首詩，因為怕別人不知道自己的用意，還特地在詩前面寫一個小序：我最初一次被貶謫，一貶就是十年，回到京城的時候，看到玄都觀桃花美麗如霞。十四年之後，我又來，可桃樹一棵都沒有，只剩下燕麥青菜之類在春風中搖晃。於是我寫下這首詩，等待以後再來遊玩。

〈再遊玄都觀絕句〉

百畝庭中半是苔，桃花淨盡菜花開。

種桃道士歸何處？前度劉郎今又來。

有人說，劉禹錫是漢朝中山靖王劉勝的後代，是帝室之冑；還有人說他其實是匈奴人的後代，有馬背上民族的血統。從他的性格看，似乎兩個說法都有道理，因為劉禹錫既是一個倔強傲岸的人，也是一個堅強不屈的人。儘管他一生被貶時間長達二十多年，但是他並沒有屈服，更沒有搖尾乞憐，而是用自己的詩歌去反抗、去嘲諷，所以，他也被稱為「詩豪」。

唐詩小帖

劉禹錫的很多詩都表現出與眾不同的豪氣，像是關於秋天的詩就別有意趣。

在中國人的傳統觀念中，秋天都是淒涼蕭瑟、孤獨寂寞的。所以，大多數詩人都是借秋天來抒發自己的悲傷之情。但是，劉禹錫卻有一首〈秋詞〉與眾不同，它表現的不是淒涼落寞，而是昂揚奮發，這在古代詩詞中是非常少見的。

〈秋詞〉

自古逢秋悲寂寥，我言秋日勝春朝。
晴空一鶴排雲上，便引詩情到碧霄。

在西塞山比拚寫詩的詩人們，誰寫出連白居易都歎服的詠史詩？

——人世幾回傷往事，山形依舊枕寒流

劉禹錫因為寫〈元和十年自朗州至京，戲贈看花諸君子〉再次被貶那年，正好也是武元衡被刺殺、白居易上書被貶的那年。同樣的被貶經歷，同樣心懷為國效力、消除弊政的志向，使白居易和劉禹錫成了好朋友。兩人第一次在揚州見面，白居易就送給劉禹錫一首詩，劉禹錫十分感動，也回贈了白居易一首詩：

〈酬樂天揚州初逢席上見贈〉

巴山楚水淒涼地，二十三年棄置身。
懷舊空吟聞笛賦，到鄉翻似爛柯人。

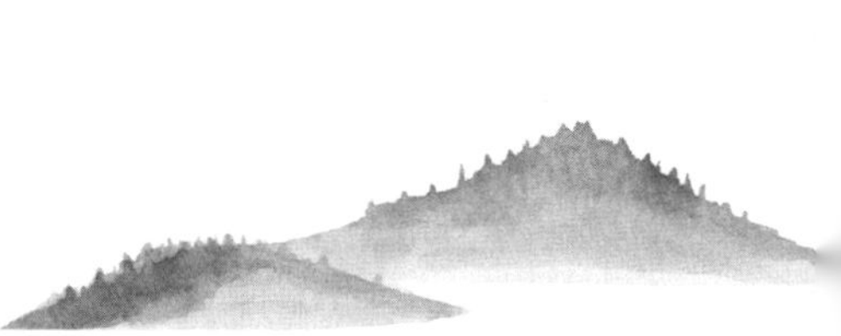

沉舟側畔千帆過，病樹前頭萬木春。
今日聽君歌一曲，暫憑杯酒長精神。

劉禹錫曾經被貶朗州，就是今天的湖南常德，春秋戰國時期，這裡屬於楚國，而唐代的時候這裡是淒涼的蠻荒之地。所以，劉禹錫說自己被丟棄在這淒涼的巴山楚水，一扔就是二十三年。這二十三年的變化太大，很多以前的好朋友，沒能熬過去，死在貶謫之地。晉朝的嵇康因為反對司馬氏專權而被殺，他的朋友向秀經過他的故居時，聽到有人吹笛，於是寫了一篇〈思舊賦〉。此時，劉禹錫也想起那些死在貶謫之地的朋友，特別是他的好友柳宗元。

晉朝有這樣一個傳說，說一個打柴人上山打柴時看見兩個人正在下棋，就把斧子放下，坐在一邊看，看了很久，直到其中一個人說「你該回家了」，打柴人才反應過來。他去拿斧子，卻發現斧子的木柄都朽壞了，斧頭也生鏽了。等他回到家鄉，家鄉已經大變樣，詢問之後才知道，他已經離開幾百年。

劉禹錫被貶之後第一次回京城，因為寫桃花詩再次被貶，第二次回來時，桃花已經蕩然無存。他覺得自己就像那個打柴人，看過太多的人世滄桑。而現在，劉禹錫老了，他覺得自己已經成了一艘古老的沉船，看著旁邊無數的新船駛過；又覺得自己像一棵生病的老樹，看著旁邊無數的樹木生長，鮮花盛開。劉禹錫突然有些惆悵和傷感。但是這時候，白居易熱情地向他贈詩，並向他敬酒，這多少讓飽經滄桑的劉禹錫振作一些。

這一贈一回，白居易和劉禹錫的關係更好，他們經常一起聚會、飲酒、作詩。有一次，他們和另外兩位詩人一起來到西塞山遊玩。西塞山是三國末期晉朝大將王濬與東吳軍隊決戰的戰場。當時，吳國的最後一個皇帝孫皓殘暴不仁、昏庸透頂，他迷信術士，術士們告訴他「金陵有王氣」，於是他便覺得自己可以高枕無憂，甚至還認為自己能一統天下。

後來，晉朝大將王濬在益州（成都）製造樓船，然後率軍乘船穿過三峽，浩浩蕩蕩順流東下，直逼金陵。孫皓這才明白，所謂「王氣」，不過是術士們的謊言而已。但是，孫皓還存有一絲僥倖，他讓軍隊在長江江面拉起巨大鐵索，在鐵索上裝了無數鐵錐，希望以此攔住王濬的樓船，並把船刺破，可是王濬用大木筏載著引火的東西，把鐵索全部燒得熔化。孫皓窮途末路，只好投降，而投降的旗子就從石頭城（金陵）升起。

金陵（今南京）是六朝古都，很多朝代在這裡興起，又在這裡滅亡，所以，這裡也一直是詩人們寫詠史詩最愛寫到的地點。劉禹錫他們來到這裡，擺好酒宴後，白居易說：「我們四個人都喜歡寫詩，要不我們就以西塞山為題，每個人寫一首詩吧，誰的詩寫得好誰就是第一。」其他人都說好，於是四人各自鋪開筆墨紙硯，開始苦苦構思。

沒過多一會兒，劉禹錫就提筆落字。而這時候，其他幾個人都還在苦苦思索。但是他們心裡也不是很慌，因為今天說的是誰寫得好誰是第一，並沒說誰寫得快誰是第一，慢工出細活，自己多思考一會兒，一定會比劉禹錫寫得好。很快，劉禹錫寫完了。白居易說：「要不我先看看你寫得怎麼樣吧？」說完他就拿過劉禹錫的詩來看。白居易越看越驚訝，看完之後長嘆一聲說：「我們四個人就像相約去深深的潭水裡尋訪蛟龍，結果劉禹錫你一個人卻先把龍珠拿到了，我們幾個再去也只能得到一些殘破的鱗片腳爪，還有什麼意義呢？」另外兩個人也湊過來看，看了之後只能長嘆，最後他們三個乾脆就不寫。

劉禹錫寫了什麼詩讓三位詩人都望而卻步，不願再寫呢？就是這首〈西塞山懷古〉：

〈西塞山懷古〉

王濬樓船下益州，金陵王氣黯然收。
千尋鐵鎖沉江底，一片降幡出石頭。
人世幾回傷往事，山形依舊枕寒流。
從今四海為家日，故壘蕭蕭蘆荻秋。

後來，有人評價這首詩說：這首詩似乎在議論卻又沒有議論，字寫在紙上，精神卻來自天邊，詩歌氣勢宏大，又遵守規則，每個地方都十分精當。

唐詩小帖

劉禹錫的詠史詩十分有名，除了〈西塞山懷古〉，你還讀過其他的嗎？

劉禹錫著名的詠史詩還有：

〈石頭城〉

山圍故國周遭在，潮打空城寂寞回。
淮水東邊舊時月，夜深還過女牆來。

〈烏衣巷〉

朱雀橋邊野草花，烏衣巷口夕陽斜。
舊時王謝堂前燕，飛入尋常百姓家。

少年得志的杜牧有怎樣的家世背景讓他引以爲傲？

——禪師都未知名姓，始覺空門意味長

杜甫和杜牧雖然都姓杜，但一個是盛唐詩人，一個是晚唐詩人。杜甫去世於公元七七〇年，三十多年後，杜牧才出生。那麼，杜甫和杜牧究竟有沒有親戚關係呢？

杜甫的遠祖可以追溯到西漢的杜周，這是司馬遷《史記》曾經為之列傳的一個酷吏。西晉時，杜氏家族出了一位大學者兼軍事家，叫杜預。杜預正是杜甫和杜牧共同的先祖，所以從這個角度說，杜甫與杜牧還真是親戚，只不過杜甫比杜牧年長許多，輩分應該高一些。

不過，杜甫家這一支到唐代已經開始走下坡路。杜甫的祖父杜審言擔任過修文館直學士，還算是中央官員。杜甫的父親杜閒只當兗州司馬和奉天縣令，官職就小得多。杜甫則一生困頓，只擔任工部員外郎，之後又漂泊江湖。而杜牧家這一支在唐代卻是風生水起。杜牧的曾

祖杜希望是唐玄宗時期的邊塞名將，也喜歡文學。杜牧的祖父杜佑就更不得了，他是著名的政治家，先後任德宗、順宗、憲宗三朝宰相，同時，他還是一位史學家，著有《通典》二百卷，這是中國第一部關於典章制度的百科全書。杜牧的父親杜從鬱也擔任過駕部員外郎。由於祖上一直在朝廷為官，杜牧家的經濟條件也比杜甫家好得多。他的祖父杜佑在樊川有一座別墅，杜牧從小就在這裡遊玩，晚年也是在這裡度過，所以，後人稱他「杜樊川」，他的作品集叫《樊川文集》。

家族留給杜牧的，不僅是優越的生活環境，更是勤於學習的家風。杜牧從小就受到良好的教育，他也以自己家族的文化地位而驕傲。他寫詩說：

> 舊第開朱門，長安城中央。
> 第中無一物，萬卷書滿堂。
> 家集二百編，上下馳皇王。

意思說：我家是資格很老的官宦人家，我家的房子就在長安市中心。我家裡沒有什麼值錢的東西，只有堆滿堂屋的萬卷書。而且我祖父寫的《通典》有二百卷，記載歷朝歷代的典章制度。

家學淵源如此深厚，再加上杜牧從小就勤奮學習，所以他很小的時候就名揚京師。

文宗大和二年（公元八二八年），杜牧參加進士考試。和當時所有的士子一樣，他也把自己的得意之作呈現給達官貴人們，希望能得到他們的推薦。當時，他找到了太學博士吳武陵，吳武陵對杜牧的作品十分欣賞，尤其對他的文章〈阿房宮賦〉讚賞有加，還積極推薦給自己的朋友以及其他考生。一時間，京城裡的考生都在爭相傳看這篇〈阿房宮賦〉。

為了讓杜牧考中進士沒有懸念，吳武陵還去找當年的主考官崔郾，崔郾看了杜牧的文章之後也讚不絕口。吳武陵就對崔郾說：「這個年輕人的確是難得的人才，希望大人能夠點他為狀元！」崔郾為難地說：「這個不好辦啊，從第一名到第四名已經定下來了。」吳武陵生氣地說：「實在不行，您就點他為第五名，不然，就把這篇文章還給我！」崔郾無奈，只好答應吳武陵的請求。

考試放榜時，杜牧果然以第五名高中。這一年，他才二十五歲。出身名門，才華橫溢，金榜題名，年少得志，此時的杜牧可以說是「春風得意馬蹄疾，一日看盡長安花」，一時間也有些飄飄然。

一天，杜牧和幾個朋友去長安的一座佛寺遊覽，遇見一位老和尚。老和尚詢問杜牧是什麼人，杜牧還沒來得及回答，朋友們已經搶著向老和尚吹噓：這是前宰相的孫子、今年的新科進士等。他們本以為老和尚會馬上改變態度，慇懃迎候，誰知道老和尚只是看了杜牧一眼，淡淡地說：「我不認識。」

跟著杜牧一起的朋友們覺得老和尚傲慢無禮，十分憤怒。而杜牧卻被老和尚點醒：家世也好，功名也罷，都是過眼雲煙，人生越是處在順境，越要謙虛謹慎，切不可驕傲自大。

為了感謝老和尚點化，杜牧寫下一首詩贈給他：

〈贈終南蘭若僧〉

家在城南杜曲旁，兩枝仙桂一時芳。
禪師都未知名姓，始覺空門意味長。

杜牧的〈阿房宮賦〉爲什麼被世人傳誦？這篇散文的內容是什麼？

〈阿房宮賦〉是一篇借古諷今的駢體散文，遣詞用句無比華美，思想深刻見骨，是膾炙人口的經典名篇。作者杜牧透過描寫阿房宮的興建及毀滅，生動地總結秦朝統治者因為驕奢而亡國的歷史教訓，向唐朝統治者發出了警告，表現出他憂國憂民、匡時濟俗的情懷。這篇文章至今都是國文課的重點篇目：

阿房宮賦

六王畢，四海一，蜀山兀（ㄨˋ），阿房出。覆壓三百餘里，隔離天日。驪（ㄌㄧˊ）山北構而西折，直走咸陽。二川溶溶，流入宮牆。五步一樓，十步一閣；廊腰縵迴，簷牙高啄；各抱地勢，鈎心鬥角。盤盤焉，囷囷（ㄐㄩㄣ）焉，蜂房水渦，矗（ㄔㄨˋ）不知其幾千萬落。長橋臥波，未雲何龍？復道行空，不霽（ㄐㄧˋ）何虹？高低冥迷，不知西東。歌臺暖響，春光融融；舞殿冷袖，風雨淒淒。一日之內，一宮之間，而氣候不齊。

妃嬪（ㄆㄧㄣˊ）媵（ㄧㄥˋ）嬙（ㄑㄧㄤˊ），王子皇孫，辭樓下殿，輦（ㄋㄧㄢˇ）來於秦，朝歌夜弦（ㄒㄧㄢˊ），為秦宮人。明星熒（ㄧㄥˊ）熒，開妝鏡也；綠雲擾擾，梳曉鬟（ㄏㄨㄢˊ）也；渭流漲膩，棄脂水也；

煙斜霧橫，焚椒蘭也。雷霆乍驚，宮車過也；轆（ㄌㄨˋ）轆遠聽，杳（ㄧㄠˇ）不知其所之也。一肌一容，盡態極妍，縵立遠視，而望幸焉。有不見者，三十六年。

燕趙之收藏，韓魏之經營，齊楚之精英，幾世幾年，剽（ㄆㄧㄠ）掠其人，倚疊如山。一旦不能有，輸來其間。鼎鐺（ㄔㄥ）玉石，金塊珠礫，棄擲邐（ㄌㄧˇ）迤（ㄧˇ），秦人視之，亦不甚惜。嗟乎！一人之心，千萬人之心也。秦愛紛奢，人亦念其家。奈何取之盡錙（ㄗ）銖（ㄓㄨ），用之如泥沙？使負棟之柱，多於南畝之農夫；架梁之椽（ㄔㄨㄢˊ），多於機上之工女；釘頭磷磷，多於在庾（ㄩˇ）之粟（ㄙㄨˋ）粒；瓦縫參差（ㄘㄣ　ㄘ），多於周身之帛（ㄅㄛˊ）縷；直欄橫檻（ㄐㄧㄢˋ），多於九土之城郭；管弦嘔（ㄡ）啞（ㄧㄚ），多於市人之言語。使天下之人，不敢言而敢怒。獨夫之心，日益驕固。戍（ㄕㄨˋ）卒叫，函谷舉，楚人一炬，可憐焦土！

嗚呼！滅六國者，六國也，非秦也。族秦者，秦也，非天下也。嗟乎！使六國各愛其人，則足以拒秦。使秦復愛六國之人，則遞三世可至萬世而為君，誰得而族滅也？秦人不暇自哀，而後人哀之；後人哀之而不鑑之，亦使後人而復哀後人也。

唐朝的哪個城市最繁華？哪位詩人對這個城市念念不忘？

——十年一覺揚州夢，贏得青樓薄倖名

你知道唐朝最繁華的城市是哪一個嗎？是西都長安，還是東都洛陽，或是古城開封？都不是！唐朝最繁華的城市是揚州。

揚州，古稱廣陵、江都、維揚，建城史可以上溯到公元前四八六年。揚州位於長江與京杭大運河交匯處，長江是中國最重要的東西水運通道，而京杭大運河則是溝通南北最重要的水運通道，所以，自古以來，揚州就是商旅彙集之地、人煙富盛之所。唐朝的時候，京城的糧食絕大部分是通過大運河從江南運到陝西。

杜牧三十歲的時候，被淮南節度使牛僧孺授予推官一職，後來又轉為掌書記，負責節度使府的公文往來。這時，杜牧就居住在揚州。

杜牧剛到揚州時，就被當地美麗的風景所吸引，但是又想起六朝的興亡，在心裡隱隱有一些擔憂，於是有感而發寫了下面這首詩：

〈江南春〉

千里鶯啼綠映紅，水村山郭酒旗風。
南朝四百八十寺，多少樓臺煙雨中。

唐朝之前是隋朝，隋朝之前是南北朝，而江南正是南朝建國之地。南朝包括宋、齊、梁、陳四個朝代，它們的共同點之一是地處江南、富裕繁盛，之二是都短命。最「長壽」的劉宋政權也不過五十九年，而最後一個朝代陳只有三十多「歲」。南朝短命的原因有很多，其中一個就是很多皇帝都崇信佛教，並因此荒廢政事。比如梁武帝蕭衍，就是一個十分崇信佛教的皇帝。他在位的時候，下詔宣布佛教為國教，到處興建佛寺，甚至三次把自己「施捨」給寺院，弄得朝廷不得不出巨資把皇帝「贖」回來。由於他過分崇佛、荒廢政事，以致晚年的時候叛將侯景造反，圍困皇宮，蕭衍最後被活活餓死在臺城。

晚唐的時候，崇佛之風又起，江南尤其厲害。面對鱗次櫛比的寺院，杜牧不禁憂慮：南朝很多皇帝就是因為崇佛而導致國家廢亂，難道大唐王朝要重蹈覆轍嗎？

所以，這首詩如果只看表面，不過是一首很好的寫景詩，但是只有透過文字仔細思索，我們才能發現文字下隱藏的深意。

不過，揚州最吸引杜牧的，還是這裡紙醉金迷的花花世界。當時的杜牧剛剛三十歲，又才華橫溢、少年得志，所以，他很快就扎進揚州無邊的舒適當中。杜牧在揚州的時候，常去一些聲色場所。上司牛僧孺知道他的為人，也不點破。只是擔心杜牧作為朝廷命官，經常在這種地方出入會引起不必要的是非，於是就派幾十個人穿著便衣暗中保護杜牧。

兩年後，杜牧任職期滿，要回長安擔任監察御史。臨別的時候，牛僧孺對杜牧說：「老弟才華蓋世，以後肯定大有作為，只是要注意行為檢點。」杜牧裝作一臉無辜，說自己一直比較注意。牛僧孺微微一笑，叫人拿來一個箱子，杜牧打開一看，裡面全是牛僧孺派去的人寫的報告：某天晚上，杜先生去某家酒樓，一切安全。杜牧這時候才知道牛僧孺一直在暗中保護自己，滿臉羞愧連忙拜謝。

在揚州的杜牧，可謂「年少輕衫薄，詩酒趁年華」，江南的美好與詩人的才華相遇，凝成不少千古名篇。這些作品直到千年之後的今天，仍然是古城揚州最重要的文化名片。

譬如杜牧描寫揚州美麗女子的〈贈別二首（其一）〉：

〈**贈別二首（其一）**〉

娉娉裊裊十三餘，荳蔻梢頭二月初。

春風十里揚州路，捲上珠簾總不如。

這裡描寫的顯然是一個青樓女子。古代女孩十三四歲就成年，稱為「及笄」。所以，這個十三歲的女孩剛剛成年，如二月初綻的荳蔻。當時，揚州有一條長十里的路，是著名的娛樂一條街，但是所有的女孩子捲起簾子來，都不如筆下的這個姑娘美麗。

而這首詩也留下一個成語，從那以後，人們說女孩十三四歲的年紀便都稱為「荳蔻年華」。杜牧和這些女子交往頗深，所以當他要離別的時候就難免依依不捨：

〈**贈別二首（其二）**〉

多情卻總似無情，唯覺樽前笑不成。

蠟燭有心還惜別，替人垂淚到天明。

杜牧感慨，自己本是個多情公子，但是卻因為必須離開而背上「薄情」的罵名。在這個晚上，他與情人離別，桌上的蠟燭似乎也瞭解人的心思，默默地替我流淚。這首詩妙在第三句，這裡使用一個修辭方法，叫雙關。蠟燭有心，既是指蠟燭的燭芯，同時又暗指離人的人心。借眼前之景，抒發作者依依惜別的感情。

杜牧離開揚州後，還一直對這個美麗的城市念念不忘。後來，他的朋友韓綽要到揚州去當官，杜牧專門寫一首詩向朋友介紹揚州的美景：

〈寄揚州韓綽判官〉

青山隱隱水迢迢，秋盡江南草未凋。
二十四橋明月夜，玉人何處教吹簫？

杜牧對揚州的喜愛化成這些美麗的詩句，也成為後代人們說起揚州時第一時間想到的東西。南宋的時候，揚州遭金兵入侵，成為一片廢墟，當時的詞人姜夔說：這是杜牧曾經讚賞過的揚州啊，要是他看到這座城市現在成了這個樣子，該有多麼震驚啊！（「杜郎俊賞，算而今，重到須驚！」）

不過，晚年的杜牧，在回想起年輕時候的不羈生活，多少還是有些慚愧的。所以，他後來寫了一首詩，算是對以前的檢討：

〈遣懷〉

落魄江湖載酒行，楚腰纖細掌中輕。
十年一覺揚州夢，贏得青樓薄倖名。

唐詩小帖

揚州是詩人會聚之地，除了杜牧，還有其他詩人也寫下關於揚州的詩。

故人西辭黃鶴樓，煙花三月下揚州。——李白〈黃鶴樓送孟浩然之廣陵〉

天下三分明月夜，二分無賴是揚州。——徐凝〈憶揚州〉

人生只合揚州死，禪智山光好墓田。——張祜〈縱遊淮南〉

於今腐草無螢火，終古垂楊有暮鴉。——李商隱〈隋宮〉

見說西川景物繁，維揚景物勝西川。——杜荀鶴〈送蜀客遊淮揚〉

文章太守，揮毫萬字，一飲千鍾。——歐陽修〈朝中措・平山堂〉

春風又綠江南岸，明月何時照我還。——王安石〈泊船瓜洲〉

休言萬事轉頭空，未轉頭時皆夢。——蘇軾〈西江月・平山堂〉

縱豆蔻詞工，青樓夢好，難賦深情。——姜夔〈揚州慢・淮左名都〉

千家養女先教曲，十里栽花算種田。——鄭板橋〈揚州〉

誰是唐朝的詠史詩高手，並預知了盛世背後的危機？

——商女不知亡國恨，隔江猶唱後庭花

詠史詩是我國古代詩詞中非常重要的一個類別。它是指以詠歎歷史來抒發詩人思想感情的一種詩歌。現存最早的詠史詩是東漢班固的〈詠史〉，而西晉左思的〈詠史〉詩八首，開創詠史詩的先河。

到了唐代，詠史更是詩人們最喜歡的題材之一，許多著名詩人如杜甫、孟浩然、胡曾等都寫過詠史詩。詠史詩有的以述古、懷古、覽古、感古、古興、讀史、詠史等為題目，比如杜甫的〈詠懷古蹟〉五首、劉禹錫的〈西塞山懷古〉等；有的直接以歷史地名或人名為題目，比如劉禹錫的〈烏衣巷〉、杜甫的〈蜀相〉等。而晚唐最著名的詠史詩高手，則非杜牧莫屬。

杜牧的詠史詩乍一看很可能不覺得他是在詠史，認為他只是在描寫景物，但仔細思考之

下，就會發覺他的文字頗具深意。所以，杜牧的詠史詩就如一顆堅果，外表看上去平淡無奇，甚至有些粗糙，但是當你剝去外層堅硬的殼，嘗到果仁的美味時，就會發現它的妙處。

所以，讀杜牧的詠史詩其實是在做思維體操，不僅要理解詩句，更要聯繫相關的歷史，透過文字去尋找作者深藏的內核。當然，一旦找到，讀他的詩就變成一種非常愉悅的精神享受。比如下面這首詩：

〈秋夕〉

銀燭秋光冷畫屏，輕羅小扇撲流螢。
天階夜色涼如水，坐看牽牛織女星。

這首詩從字面上看，就是在七月七日七夕節的晚上，一群女孩子在拿著扇子撲打螢火蟲。玩累了，她們就坐在臺階上看星星。

但是僅此而已嗎？要想讀懂這首詩，有幾個點一定要注意：首先，第一句和第三句出現了「冷」和「涼」的字眼，當然，到了秋天，天氣確實變得涼爽，但是這兩個字是否還另有深意呢？兩個字連用，是否有冷清淒涼的意思呢？

說到這裡，我們必須瞭解一下古代七夕節的有關風俗。

七夕節又叫乞巧節，起源於漢代。傳說凡人牛郎與天上的織女相愛結婚，還生了兩個孩子。王母娘娘知道這件事之後很是震怒，強令織女返回天庭。牛郎用擔子挑著兩個孩子去追，眼看就要追上，王母娘娘拔下頭上的金釵一劃，於是天上出現一道銀河，隔開牛郎和織女。後來王母娘娘准許他們一年相見一次，這一天就是七夕。

這個傳說給了詩人們很多靈感，他們創作很多詩詞來讚美牛郎織女的愛情，比如白居易的〈七夕〉說：「幾許歡情與離恨，年年並在此宵中。」秦觀的代表作〈鵲橋仙〉更是寫七夕詩詞中的名篇：

〈鵲橋仙〉

纖雲弄巧，飛星傳恨，銀漢迢迢暗渡。金風玉露一相逢，便勝卻人間無數。

柔情似水，佳期如夢，忍顧鵲橋歸路。兩情若是久長時，又豈在朝朝暮暮。

七夕節在古代是屬於女子的一個非常熱鬧的節日。這一天，女子們會聚在一起玩各種遊戲，比賽各自的女工。到宋元年間，這個節日幾乎成了女子的狂歡節。古代典籍記載，七夕節前三天，街上賣乞巧物的店鋪就被擠得水洩不通，七夕當天街上更是人山人海。可是，這麼熱鬧的一個節日，為什麼杜牧這首詩裡面的女子們卻顯得那麼安靜，甚至有些無聊呢？

再仔細看，幾個詞為我們揭示女子們的身分：銀燭、畫屏，這些都不是尋常人家能夠有的，輕羅小扇也不是一般女子用得起的，所以，這些女子一定是大戶人家的。究竟是哪個大戶人家呢？第三句的「天階」告訴了我們答案：天階就是皇宮中的臺階，所以，這些女子也就是皇宮裡的宮女。

古代帝王為供自己享樂，強徵民間女子入宮。許多女子進宮之後就和父母家人斷了聯繫，有的甚至就在宮中終老。她們沒有人身自由，更沒有婚配的權利，即便是在過這樣一個「女子狂歡節」的時候，也是冷清甚至淒涼的。她們不能像宮外的女子們那樣自由隨興，她們能做的也就是拿著扇子撲打螢火蟲而已。夜深了，外面已經有些冷，她們卻沒有回屋睡覺，而是坐在臺階上，仰頭望著天上的牛郎織女星。她們的行為暴露出內心的渴望：即便是一年只能相聚一次，也已經足夠讓這些宮女羨慕。因為從她們入宮的那一天起，她們的美麗、她們的青春乃至於她們的一生就已經葬送在這深深的宮門裡。

讀到這裡我們才發現，這並不是一首簡單描寫女子過七夕節的詩，是一首揭露封建帝王為了自己享樂，而葬送無數女子一生幸福的詠史詩。

杜牧類似的詠史詩還有很多，大部分都是傳世的精品。比如下面這首〈泊秦淮〉：

〈泊秦淮〉

煙籠寒水月籠沙，夜泊秦淮近酒家。
商女不知亡國恨，隔江猶唱後庭花。

後庭花指的是〈玉樹後庭花〉，傳說是南朝陳最後一個皇帝陳叔寶所作。這首詩裡面有兩句「花開花落不長久，落紅滿地歸寂中」，被後人認為很不吉利，而且陳後主又亡國，所以後人稱這首詩是亡國之音。表面上看，杜牧這首詩是在斥責歌女們不知道亡國的痛苦，還在秦淮河上唱這亡國的靡靡之音。但是仔細一想，歌女們哪有選擇曲目的自由？叫她們唱這首歌的，難道不是酒家裡飽食終日的達官貴人？所以並不是歌女們無知，而是官員們無恥。

古代詠史，其目的是為了諷今。在杜牧生活的年代，曾經盛極一時的唐朝已經走到末路，離最後的謝幕也不遠了。但是達官貴人們還沉醉於歌舞享樂之中，根本不關心國事安危。只有杜牧敏銳地感覺到這盛世背後的危機和歌舞之下的悲涼。

所以，讀杜牧的詠史詩，絕不能只停留於字面，要聯繫相關的歷史背景發掘詩歌的內核。

有些時候，甚至還要加以想像和「續寫」。比如下面這首〈過華清宮〉：

〈過華清宮〉

長安回望繡成堆，山頂千門次第開。
一騎紅塵妃子笑，無人知是荔枝來。

這首詩講的故事大家都很熟悉。唐玄宗寵幸楊貴妃，因為貴妃喜歡吃荔枝，玄宗就命令用傳遞緊急公文的快馬為楊貴妃傳送荔枝。

這首詩前兩句寫的是杜牧經過華清宮，回望山上時看到的景物：華清宮是皇帝的行宮，山上到處是亭臺樓閣，紅牆碧瓦，遠遠看去，就像堆積的錦繡一樣漂亮。此時正是清晨，山上的無數宮門一個接一個地打開，一個騎士飛馬而來。詩人選擇的時間非常考究：騎士清晨到達，想必整晚都在趕路。什麼事情讓他這麼著急？肯定是十分緊急的軍國大事！可奇怪的是，這個星夜急馳而來的騎士卻讓貴妃臉上露出微笑，原來，這是專門給貴妃送荔枝的使者。可是，這其中的詳情沒有人知道。皇帝的驕奢淫逸，只有他們自己和親近的人才知道，普通老百姓以為皇上一直勤於國事、兢兢業業，哪裡想得到皇帝常常這樣慷國家之慨，以滿足自己的私慾呢。直到漁陽鼙鼓動起來，國家陷於戰亂之中，這些內情才逐漸為外人知。但是，戰爭爆發，皇帝早就在御林軍的保護下逃到成都去了，受苦最深的還是普通的老百姓。

杜牧的詠史詩還有一個特點，就是他喜歡「翻案」，他的觀點經常與別人不同，甚至恰恰相反。並不是他刻意出奇出新，而是因為他的思想比大多數人都要更深刻一些，這使他不容易被前人的說法束縛，能經常提出驚世駭俗的觀點。比如大多數人都覺得項羽是個英雄，他自刎烏江是悲壯而令人讚嘆。杜牧卻說項羽其實該渡江捲土重來，不應該因為一次失敗就徹底放棄：

〈題烏江亭〉

勝敗兵家事不期，包羞忍恥是男兒。

江東子弟多才俊，捲土重來未可知。

還有像是大多數人認為赤壁之戰的勝利是孫劉聯軍齊心協力的結果，或者歸功於周瑜與諸葛亮的神機妙算。杜牧卻毫不留情地指出，戰爭的勝利有極大的偶然性，如果不是當時正好吹起東風，聯軍怎麼可能用火攻大敗曹操？恐怕只會被曹操打得丟盔棄甲，連東吳的兩個美女大喬和小喬都會被曹操俘虜：

〈**赤壁**〉

折戟沉沙鐵未銷，自將磨洗認前朝。
東風不與周郎便，銅雀春深鎖二喬。

唐詩小帖

對於項羽，李清照不同意杜牧的觀點，來看看你認同誰的說法？

李清照是宋代著名的女詞人，也是一個非常有氣節的女子。關於項羽，她最著名的作品是〈夏日絕句〉：

〈**夏日絕句**〉

生當作人傑，死亦為鬼雄。
至今思項羽，不肯過江東。

李商隱爲何寫〈賈生〉來借古諷今？

——可憐夜半虛前席，不問蒼生問鬼神

「生」是古代對年輕男子的稱呼，多用於讀書人。比如這個人姓李，我們就稱他「李生」。杜甫有一首寫李白的詩就說「不見李生久，佯狂真可哀」。當然，別的姓李的人我們也可以稱為「李生」，這個詞並不是李白獨有。但是，在歷史上，有個姓賈的人卻把「賈生」這個詞獨占了，一說起賈生，人們就都知道是在說他，而絕不會是別人，這個賈生是誰呢？他就是西漢的賈誼。賈誼為什麼被稱為賈生？這要從司馬遷的《史記》說起。

《史記》是中國第一部紀傳體通史，上起傳說中的黃帝，下到西漢武帝，是一部偉大的歷史著作。司馬遷寫《史記》，帶有很濃重的個人好惡色彩，他對自己喜歡的人就使用尊稱，比如項羽名籍，字羽，但司馬遷不稱他的名而稱他的字，因為在古代稱字是對對方表示尊敬。

同樣，屈原名平，字原，出於對他的尊敬，司馬遷也稱他屈原而不是屈平。此外，司馬遷經常將兩個時代不同但是他認為命運相似的人合在一起作傳，和屈原並列的就是賈誼。

屈原和賈誼，一個是楚國貴族，一個是漢代官員；一個貴為三閭大夫，曾起草楚國憲令，一個是西漢的太中大夫，曾向皇帝進獻無數定國安邦之策。屈原死後七十八年，賈誼才出生，應該說，兩個人是沒有什麼直接關係的，但是，司馬遷卻將兩人並列，作〈屈原賈生列傳〉，不僅表現司馬遷對賈誼才華的高度認同，也說明，在司馬遷眼裡，他們的命運是有著某些共同點。

賈誼是洛陽人，年少即以博學而聞名郡中，河南太守吳公被提拔為廷尉時，向漢文帝推薦賈誼。於是文帝招賈誼為博士。

漢代的博士就是向皇帝提供國事諮詢的，當時賈誼才二十出頭，是最年輕的博士。每次皇帝要求大家商討國家大事時，各位老先生還沒說話，賈誼就第一個發言，弄得老先生們只好在他說完之後尷尬地笑笑，說：「小賈的觀點就是我想說的啊！」並且大度地表示出對他才華的欣賞。漢文帝也十分欣賞賈誼，於是一年之內就破格提拔他為太中大夫。獲得皇帝賞識的賈誼更是意氣風發，積極參與朝廷大事，也越來越得到皇帝的信任，於是，漢文帝打算再提拔賈誼，讓他擔任公卿之位。但是，皇帝的建議卻遭到前所未有的阻力。

這麼一個年輕人，居然剛當官不久，就要超過一幫老臣，這是老臣們無論如何都不能接受的。於是，在皇帝透露出提拔賈誼的想法之後，老臣們紛紛上書，強烈反對。皇帝沒有辦法，只好放棄。而且此時，由於老臣們的忌恨，賈誼在長安也待不下，於是，漢文帝讓他離開長安去長沙，擔任長沙王的太傅，也就是老師。

被攆到長沙的賈誼陷入人生的低谷。他不明白，為什麼自己才華蓋世卻要被人陷害。長沙在戰國時屬於楚國，這讓賈誼想起楚國一個跟自己有著相同命運的大臣——屈原。於是，賈誼寫下〈吊屈原賦〉，用悼念屈原的方式來抒發自己對命運的不忿。

賈誼到長沙一年多後，漢文帝十分思念他，於是把他召進宮裡，跟他聊了大半夜，越聊越起勁，漢文帝多次把自己坐的蓆子往前挪，想靠賈誼近一點。

大家一定會想，賈誼如此受皇帝賞識，後來一定飛黃騰達了吧？並沒有，因為皇帝跟他聊的並不是什麼治國安邦的大事，而是神仙鬼怪之類的無稽之談！

賈誼的命運仍舊悲苦。後來，他改任梁懷王的太傅，可是梁懷王不小心騎馬摔死，賈誼覺得自己沒有盡到做老師的責任，不久也鬱鬱而死。

賈誼的才華讓人欽佩，而他的命運也令人同情。古往今來，無數詩人曾經寫詩評論賈誼。比如王安石寫〈賈生〉說：「爵位自高言盡廢，古來何啻萬公卿。」毛澤東更是認為賈誼因梁王墜馬身亡導致自己鬱鬱而死是不值得的：「梁王墮馬尋常事，何用哀傷付一生。」而評論賈誼最有名的一首詩，應該就是李商隱的〈賈生〉：

〈賈生〉

宣室求賢訪逐臣，賈生才調更無倫。
可憐夜半虛前席，不問蒼生問鬼神。

宣室，原來指漢朝皇宮的宣室殿，這裡代指西漢朝廷。第一句是說朝廷到處尋找賢才，就連那些被貶的大臣也找到了。而在他們當中，賈誼的才華是出類拔萃的。可是，即使皇帝找到賈誼，跟他聊了一個晚上，期間甚至多次把自己的蓆子往前挪，也不過是枉然。為什麼呢？因為皇帝問的不是天下蒼生的大事，而只是那些神仙鬼怪的無聊之事。

這首詩也是一首詠史詩。前面說過，古人寫詠史詩並不是簡單地對歷史事件發出感嘆，更多的是借古諷今，表達自己的思想。那麼李商隱為什麼要寫〈賈生〉呢？其實，這跟他自己的命運經歷有關。

李商隱九歲的時候父親就去世，家裡生活很困難，作為長子的李商隱就支撐起整個家庭，透過替人抄書掙錢以補貼家用。後來，李商隱跟著一位叔父學習，十六歲的時候就寫出很好的文章，引起當時天平軍節度使令狐楚的注意。令狐楚把李商隱收到門下，讓他和自己的兒子——後來擔任宰相的令狐綯一起學習，還救濟李商隱的家庭。在令狐楚的幫助下，李商隱在二十六歲的時候中了進士。可以說，令狐楚對李商隱是有知遇之恩的。

可是，後來李商隱的命運卻飽經坎坷，這是為什麼呢？

原來，李商隱年輕的時候，來到涇源節度使王茂元手下當幕僚，王茂元很喜歡李商隱的才華，就把最小的女兒許配給他。而這場婚姻正是李商隱坎坷的根源。

中唐之後，朝廷大臣分成兩派：一派是以牛僧孺、李宗閔為首的「牛黨」，另一派是以李德裕為首的「李黨」，兩派輪流把持朝政，爭鬥不休。李商隱的恩師令狐楚屬於牛黨，而李商隱的岳父王茂元屬於李黨，是故李黨認為他是牛黨的人，而牛黨則認為他是叛徒。所以，李商隱不僅仕途坎坷，還被很多人看作是忘恩負義。

滿腹才華，卻一生困頓，這不就是唐朝版的賈誼嗎？所以，李商隱才會把賈誼看作是知己，從賈誼的命運中尋找慰藉，進而寫出這首名垂千古的〈賈生〉吧。

賈誼是漢代著名的政治家、辭賦家，他還有哪些著名的作品呢？

賈誼被貶到長沙時，路過湘水。這裡是屈原的故鄉，也是屈原自沉之處。此時，年紀還很輕的賈誼似乎跟懷才不遇的屈原產生共鳴，於是，他寫了一篇〈吊屈原賦〉。這篇賦作的語言很像〈離騷〉，無非是在抱怨朝政不清、小人得志、忠臣被逐。賈誼說：今天的朝政，莫邪寶劍被認為是鈍刀，而真正的鈍刀卻被捧為寶劍（「莫邪為鈍兮，鉛刀為銛」），聖賢的大臣被驅逐，而朝政的正義已經被顛倒（「聖賢逆曳兮，方正倒植」）。才二十多歲的賈誼竟然因此發出不想再活下去的哀嘆（「吁嗟默默，生之亡故兮！」）。

賈誼在長沙做了三年太傅後，有一天，他的房子裡飛進一隻鵩鳥。鵩鳥長得很像貓頭鷹，被認為是一種不祥的鳥。賈誼看到牠飛進自己的屋舍，心想也許自己將不久於人世，於是，他便寫了一篇〈鵩鳥賦〉。

在這篇賦中，賈誼借自己與鵩鳥的對話，引用很多老莊的觀點，認為人生無常，運不可期，也安慰自己人生應該無慾無求，恬然自安。但是細讀之下，仍然能從文字裡發現深深的憂憤之情。賈誼說：「且夫天地為爐，造化為工；陰陽為炭，萬物為銅。」這個故事源自〈莊子．大宗師〉。在文中莊子說：如果現在有個銅匠在煉銅鑄器，突然有股銅汁跳起來說我必將成為干將莫邪那樣的寶劍，銅匠一定會認為這股銅汁中邪，是不祥之物，應該棄去不用。今天的社會也是這樣，萬物都在爐中熔煉，突然有什麼跳出來說我是人，我是人！天地也會認為他中了邪，一定會棄去不用。所以，賈誼的這個寫法其實就是屈原「舉世皆濁我獨清，眾人皆醉我獨醒」的一個翻版。雖然他在文末也說「德人無累兮，知命不憂」，不過，這看上去更像他的自我安慰，也就是在全面的低沉中勉強給自己打氣罷了。

今天人們知道的賈誼最著名的作品是〈過秦論〉，這是一篇借探討秦朝興亡史來為漢代統治者提供借鑑的文章。文章裡提出一個重要觀點：國家要實行仁政，才有可能長治久安。這個觀點對後世有很大的影響。直到現在，〈過秦論〉都是課本裡的重點篇目。

第一個寫無題詩的詩人是誰，他的無題詩是要傳達什麼心境呢？

——春蠶到死絲方盡，蠟炬成灰淚始乾

《詩經》是中國第一部詩歌總集，這部詩歌巨著至今都還有很強的生命力，其中的〈關雎〉、〈蒹葭〉、〈桃夭〉、〈靜女〉等都是膾炙人口的名篇。但是你知道嗎？其實這些詩歌的題目都不是本身就有的，而是後人加上去的。

《詩經》裡的詩篇最初是沒有題目，這是由當時的文化發展水平決定的，當時的人們還沒有想到應該給詩歌加上題目。不僅詩歌，我們今天看到的《論語》和《孟子》中各篇章的題目也是後人加上去。可是，幾百首詩、幾百篇文章，要是都沒有題目，就像人沒有名字一樣，我們要怎麼稱呼它們呢？這樣無題的詩歌和文章，後人又要怎麼讀、怎麼區分呢？所以，給詩歌或者文章加上題目，是文學藝術發展到一定階段才出現的要求。從那以後，人們便知道，

寫詩、寫文章一定要擬一個題目。

可是，唐代卻有一個詩人，在幾百年來大家都習慣給詩歌起名字的時候，反其道而行之，就給自己的詩歌起名叫「無題」。這個人是誰呢？

他就是晚唐詩人李商隱。據統計，李商隱有二十多首詩直接以「無題」為題目，除此之外，他還有很多詩像《詩經》一樣，以第一句的第一個詞為題，其實也可以算作無題詩。所以，李商隱的無題詩總計有幾十首，可以說，他是中國無題詩的開創者，也算「無題詩之王」。

李商隱為什麼不給詩歌起名字呢？讓我們先來看看他最有名的一首無題詩：

〈無題〉

相見時難別亦難，東風無力百花殘。

春蠶到死絲方盡，蠟炬成灰淚始乾。

曉鏡但愁雲鬢改，夜吟應覺月光寒。

蓬山此去無多路，青鳥殷勤為探看。

似乎是在一個春天，詩人要和他生命中最重要的一個人分別。本來，他們能見一面就很艱難了，現在要分別就更加艱難。東風已經停息，百花已經凋零。詩人想起春蠶，蠶活著就是為了吐絲，而絲吐盡，蠶的生命也結束了；就像蠟燭，燃燒自己，才有燭淚，而燭淚流乾，蠟燭也成灰燼。早上梳妝的時候，發愁地看著自己兩鬢已經斑白，晚上吟詩的時候，感覺月光灑在身上的寒冷。你住的地方就像傳說中的蓬萊仙島，應該離此不遠吧，有王母的青鳥好心地為我打探你的消息。

有人說，李商隱年輕的時候被送去學道，期間愛上一個姓宋的女子，但是由於各種原因，他們的戀情不能向世人公開，於是李商隱只能以詩歌隱晦地表達自己的感情。給詩歌起名「無題」，大概也是怕被別人知道。

這個故事是否真實現在已經不知道，但是，李商隱以「無題」作為詩歌的題目，恰恰使詩歌具有了更多重的意義和無限的可能。正如維納斯的斷臂一樣，後人絞盡腦汁想將其復原，但是沒有一種方案能讓眾人滿意，更沒有斷臂時給人的無限遐想。

所以，遺憾是一種美，殘缺也是一種美。李商隱的無題詩準確地說，更像是國畫中常用的「留白」技巧，就是在畫幅上留下大片的空白，讓觀眾去想像，而藝術品的生命力也因此而增強。

唐詩小帖

李商隱的無題詩很多，除了上面這首之外，下面這首也很有名。

〈無題二首（其一）〉

昨夜星辰昨夜風，畫樓西畔桂堂東。
身無綵鳳雙飛翼，心有靈犀一點通。
隔座送鈎春酒暖，分曹射覆蠟燈紅。
嗟余聽鼓應官去，走馬蘭臺類轉蓬。

 第一個寫無題詩的詩人是誰，他的無題詩是要傳達什麼心境呢？

爲什麼〈錦瑟〉這首詩被稱爲千古謎詩，其中究竟有什麼謎呢？

——此情可待成追憶，只是當時已惘然

前面說過，李商隱的詩直接以〈無題〉為題目的有二十多首，還有些詩則是以詩歌第一句的第一個詞為題，本質上也算是無題詩。在這類詩中，最有名的無疑就是〈錦瑟〉：

〈錦瑟〉

錦瑟無端五十絃，一絃一柱思華年。
莊生曉夢迷蝴蝶，望帝春心託杜鵑。
滄海月明珠有淚，藍田日暖玉生煙。
此情可待成追憶，只是當時已惘然。

李商隱有一個有趣的外號，叫「獺祭魚」。據說水獺捕到魚之後，並不直接吃掉，而是把魚整整齊齊地排在一起，好像古代祭祀一樣。而李商隱寫詩和寫駢文的時候也愛用典故、查資料，所以，他會事前把需要的參考書整整齊齊地排在書桌上備查，就像水獺排列魚一樣。在這首〈錦瑟〉中，李商隱就用了四個典故。

瑟，是中國古代的一種樂器，樣子有點像古琴；錦瑟，就是裝飾華美的瑟。據說瑟原來有五十根絃，後來有一次秦帝命令素女鼓瑟，覺得聲音太悲涼，就下令去掉一半的絃，只留下二十五根絃。而這首詩第一句說錦瑟有五十根絃，也許是想突出此時詩人心裡的悲傷吧。柱，指的是瑟上調節音高的短木，五十根絃，就應該有五十根柱，而此時，每一絃每一柱似乎都是已經流逝的美好年華。

緊接著的四句，每句都使用一個典故。

第一個：著名哲學家、道家學派創始人之一的莊子有一天睡覺時，夢見自己變成一隻蝴蝶。醒來之後他問自己：「到底是我做夢變成蝴蝶，還是蝴蝶做夢變成我呢？」

第二個：上古的時候，古蜀國有個國王叫杜宇，他也被人稱為望帝。有一年發大水，他的丞相開明氏主持治水，立下大功，望帝就把王位傳給了開明氏，自己隱居到深山。他死後，魂魄化為杜鵑鳥，不停地啼叫，直到喉嚨啼出血。

第三個：古代傳說，在茫茫的大海上，有一種鮫人（也許是中國版的美人魚吧），十分美麗。當她們哭泣的時候，淚珠會變成一粒粒的珍珠。

第四個：位於陝西藍田縣的藍田山，是終南山的餘脈。這裡盛產玉石。古人傳說，藍田山埋有美玉的地方，都會有隱隱的煙雲浮在上面。

這四個典故都非常美，帶著一種共有的孤寂與淒涼。最後，詩人說：那些美好的人和事，現在都已經成為遙遠的回憶，而當時經歷的時候，卻覺得平常，不知珍惜。

這首詩是李商隱最著名的代表作，但是它到底在講什麼，卻眾說紛紜。

有人說，這首詩是李商隱為悼念去世的妻子而作的。五十絃的意思是他五十歲的時候思念過早去世的妻子，而他的妻子去世後很可能就埋葬在藍田山。

有人說，這首詩是李商隱懷念他已經去世的侍女錦瑟。因為詩中充滿了對過去的追憶以及悔恨。

還有人說，這首詩是詩人哀嘆自己身世坎坷，懷才不遇。

總之，眾多專家各執一詞，誰也無法說服誰。

也許正因為如此，這首詩的吸引力才變得更大，因為這樣一來，它便具有無數首詩可能抵達的境界，擁有遠遠超越詩歌字數限制的空間。也正由於這個原因，這首詩被稱為「千古謎詩」。

著名學者梁啟超先生曾經這樣評價〈錦瑟〉：

義山的〈錦瑟〉、〈碧城〉、〈聖女祠〉等詩，講的什麼事，我理會不著。拆開來一句一句叫我解釋，我連文義也解不出來。但我覺得他美，讀起來令我精神上得一種新鮮的愉快。須知美是多方面的，美是含有神祕性的。

的確，陽光燦爛、一切盡在眼底是一種美；蒹葭蒼蒼、朦朧迷離也是一種美，而且後者往往魅力遠勝於前者。

也許，這就是一千多年來〈錦瑟〉魅力不衰的原因吧。

〈錦瑟〉幾乎每句都是名句，但最讓人歎賞的還是最後兩句。清代一位詞人借用這兩句的寓意寫了一首詞，你知道是哪首嗎？

納蘭性德，字容若，是我國清代著名詞人，他的詞集名《飲水詞》。納蘭性德被稱為「清朝第一詞人」，王國維先生更是評價他「北宋以來，一人而已」。雖然他年僅三十歲就去世，但是為我們留下三百多首詞，其中很多是流傳後世的精品。比如他的這首〈浣溪沙．誰念西風獨自涼〉：

〈浣溪沙．誰念西風獨自涼〉

誰念西風獨自涼？蕭蕭黃葉閉疏窗。沉思往事立殘陽。
被酒莫驚春睡重，賭書消得潑茶香。當時只道是尋常。

對比一下這首詞的末句「當時只道是尋常」，是不是和「只是當時已惘然」內涵很相似呢？這兩句都說出了一個簡單的真理：很多東西，擁有的時候我們不覺得應該珍惜，直到失去了才知道它的寶貴。

參加科舉考試竟是爲了幫人作弊，誰這麼大膽？而這讓他得到了什麼呢？

——雞聲茅店月，人跡板橋霜

宣宗大中九年（公元八五五年），科舉考試馬上要開始，今年的主考官是禮部侍郎沈詢。他上任之前，就有人告訴他：「今年參加考試的士子中，大人要特別注意溫庭筠那小子。」沈詢滿不在乎地說：「我知道，就是那個『救數人』吧？今年本官主考，會嚴密監視他，看他還怎麼救數人！」

溫庭筠是誰？救數人又是怎麼回事？為什麼還沒考試溫庭筠就被主考官列進「黑名單」？

溫庭筠，原名岐，字飛卿，并州祁（今山西祁縣）人，貞觀初年名相溫彥博之裔孫。所以，溫庭筠也算是出身名門。年少的溫庭筠讀書十分刻苦，在文學上造詣很高，對音樂也很有研究。而且，溫庭筠才思敏捷，當時就有一個外號叫「溫八叉」，因為當時考試要求作一首八

聯的詩，據說溫庭筠只要叉八次手，一首詩就作好了。

照理說，有這樣的才學，考中進士應該是沒有什麼問題，但是溫庭筠卻多次落榜。為什麼呢？有人說是他不注意品行修為，經常出入聲色場所；而有人則認為這些都是藉口，真正的原因是溫庭筠同情當時被宦官害死的莊恪太子李永，招致宦官的忌恨，他的前程也就從此斷送。

屢次科舉考試落榜之後，溫庭筠自己也知道考中進士已經是不可能的了，但他還是在每次考試時都按時走進考場，因為這時，他的目的已經不是為自己考試，而是專門幫別人作弊。

古代科舉考試時間很長，有時候會持續幾天，所以，每個考生考試時都會攜帶文具、蠟燭、水、食物、炭（因為考試大多在冬天）和爐子等進考場。進場之後，每個考生一個小屋子，稱為「號棚」。考試期間，考生們就在號棚裡答題。所以相對來說，作弊比今天大概要容易一些。當然，要在考官眼皮底下作弊，還是很冒風險的。但是溫庭筠每次考試都能幫十幾個人寫試帖詩（唐代科舉考題中的詩），因此，他名聲遠颺，也得了「救數人」這個外號。

溫庭筠「救數人」的外號不僅在考生中廣泛傳播，連朝廷大臣都知道。所以，才有開頭沈詢當主考官，決定嚴密監視溫庭筠的事情。

為了杜絕溫庭筠幫助其他考生作弊，沈詢特意把他的號棚安排在自己的監考桌前面，沒事就盯著他。幾天的考試結束了，考生們紛紛走出考場。溫庭筠正要出去的時候，沈詢叫住他：「聽說你被稱為『救數人』，這次本官主考，你的號棚就在本官眼皮底下，這次你沒能幫別人作弊了吧？」

溫庭筠聽了狡黠地一笑：「大人主考，監視很嚴，學生沒辦法，這次只幫八個人口授了答案。」

沈詢頓時啞口無言。所以，這時候溫庭筠參加考試，更像是用這種方式抗議朝廷因為害怕宦官權勢而對自己的不公平待遇。

直到五十九歲的時候，溫庭筠還參加科舉，當然這次還是毫無懸念地落榜。但是，他的名氣實在太大，朝廷覺得不讓他做個官都不好意思，於是就授予他一個縣尉的小官。以後相當長的一段時間，溫庭筠都奔波於各地，飽嘗人世的艱辛。

這天黎明，溫庭筠經過商山。此時，大多數人還在夢鄉，驛站裡車馬的鈴鐺卻已經響起，似乎在催促著還在思念自己家鄉的詩人啟程。遠遠地，傳來雄雞報曉的聲音，旅社的茅草上灑滿了清冷的月光，石板橋上落下一層白白的霜，上面留著早行人們的足跡。枯敗的槲葉落滿寂靜的山路，白白的枳花照亮了驛站灰暗的泥牆。想起昨夜夢見以前在杜陵度過的美好時光，現在，這些美好都一去不返了，只看見一群鳧雁在水塘裡嬉戲。

〈商山早行〉

晨起動征鐸，客行悲故鄉。
雞聲茅店月，人跡板橋霜。
槲葉落山路，枳花明驛牆。
因思杜陵夢，鳧雁滿回塘。

這首詩是溫庭筠的代表作，也是唐詩中表現奔波羈旅之思的佳作。但是這首詩並不是溫庭筠最好的作品，為什麼呢？

溫庭筠在詩詞和文章上都造詣很高，但是後人說他文不如詩，詩不如詞，所以他成就最高的其實還是在寫詞上。

那麼，為什麼說溫庭筠的詞寫得最好呢？他的詞在宋詞發展史上又有怎樣的地位？在《有故事的宋詞》會為你慢慢道來。

溫庭筠是有名的狂生，他還有哪些「狂」的故事？

溫庭筠年輕時到長安，結交的貴戚中，有一個就是當朝宰相令狐綯的兒子令狐滈。當時的皇帝唐宣宗喜歡聽〈菩薩蠻〉曲，令狐綯就請溫庭筠代筆寫詞獻給皇上，假裝是自己寫的。他再三叮囑溫庭筠不要將此事外傳，誰知道溫庭筠根本沒有當「槍手」的職業道德，居然將此事說了出去，因此令狐綯十分惱怒。

有一次，唐宣宗寫詩有「金步搖」三字，苦於找不到對仗的詞。令狐綯告訴溫庭筠後，他應聲回答：「可以對『玉條脫』。」令狐綯十分高興，問是哪裡的典故，溫庭筠說：「出自〈南華經〉（《莊子》）。」之後又補了一句：「這書也不是什麼生僻的讀物，宰相大人還是應該多讀書啊！」弄得令狐綯十分尷尬。

溫庭筠對令狐綯不學無術卻官居高位一直不滿，甚至說「中書省內坐將軍」，意思是令狐綯只是個武夫，根本沒有為相之才。

據說，有一次皇帝微服出遊，在旅社裡面遇見溫庭筠，溫庭筠不認識皇帝，傲然詢問說：「你大概是個司馬、長史一類的小官吧？」皇帝回答不是，溫庭筠又問：「那無非就是參軍、主簿、縣尉一類的官員了？」皇帝回答也不是。所以，有人說溫庭筠就是因為這事惹惱皇帝，才一生困頓。

附錄

李白遊蹤

玄宗開元十三年（公元七二五年），李白離開家鄉，「仗劍去國，辭親遠遊」，首先來到江陵。離開江陵，途經岳陽，渡過洞庭湖，來到江西廬山。

之後李白來到金陵（南京）、揚州、蘇州，之後回到荊門。

玄宗天寶三年（公元七四四年），李白來到東都洛陽，之後與杜甫、高適漫遊梁宋（河南一帶）。

之後李白漫遊齊州（今山東濟南），後來在山東與杜甫再次見面。

離開山東，李白南下到金陵（南京）、會稽（寧波）、揚州。之後李白漫遊幽燕（今北京一帶）。

安史之亂爆發，李白隱居廬山，後被永王李璘招為幕府，永王失敗後，李白被關在潯陽（九江）監獄。李白後被判流放夜郎，於是他被押解沿長江而上，到巫山白帝城時，朝廷因為天下大旱，宣布大赦，李白回家。李白到了江夏，再到金陵，後來由於生活窘迫，投奔安徽當涂縣令叔父李陽冰，最後在當塗去世。

杜甫遊蹤

杜甫出生於河南鞏縣，入仕之後到長安做了左拾遺，因直言進諫，觸怒權貴，被貶華州，他常遊西溪畔的鄭縣亭子（今杏林鎮老官臺附近），以排憂遣悶。

肅宗乾元元年（公元七五八年）年底，杜甫暫離華州，到洛陽、偃師（均在今河南省）探親。他從洛陽回華州，路過新安、潼關、石壕等地。

肅宗乾元二年（公元七五九年），杜甫因對汙濁的時政痛心疾首，放棄了華州司功參軍的職務，西去秦州（今甘肅省天水一帶）。

杜甫幾經輾轉，最後到了成都，在嚴武等人的幫助下，在城西浣花溪畔，建了一座草堂，世稱「杜甫草堂」，也稱「浣花草堂」。嚴武死後，杜甫全家寄居在四川奉節縣。兩年後，離開奉節縣到江陵、衡陽一帶輾轉流離。

代宗大曆五年（公元七七〇年），杜甫病死在衡陽市湘江的一隻小船中。

李白與杜甫的酬答詩選：

杜甫〈**春日憶李白**〉

白也詩無敵，飄然思不群。清新庾開府，俊逸鮑參軍。

渭北春天樹，江東日暮雲。何時一樽酒，重與細論文。

杜甫〈**天末懷李白**〉

涼風起天末，君子意如何。鴻雁幾時到，江湖秋水多。

文章憎命達，魑魅喜人過。應共冤魂語，投詩贈汨羅。

杜甫〈**不見**〉

不見李生久，佯狂真可哀。世人皆欲殺，吾意獨憐才。

敏捷詩千首，飄零酒一杯。匡山讀書處，頭白好歸來。

李白〈**沙丘城下寄杜甫**〉

我來竟何事？高臥沙丘城。城邊有古樹，日夕連秋聲。

魯酒不可醉，齊歌空復情。思君若汶水，浩蕩寄南征。

李白〈**戲贈杜甫**〉

飯顆山頭逢杜甫，頂戴笠子日卓午。
借問別來太瘦生，總為從前作詩苦。

後記

那個聽故事的小孩長大了

十多年前，那時候天天才四五歲，一天晚上我的「失誤」，卻造就了我們生命中一段最美好的陪伴。

天天有很多名字，比如夏天、夏子儀、臭小子、小調皮、小討厭、小麻煩等等，不過用得最多的名字還是天天。

天天是我的兒子。

那時候，和其他父母一樣，每天晚上睡覺前我都會給天天講睡前故事。記得那時候講過安徒生童話、格林童話，也講過科學怪人的繪本，也讀過金子美鈴。可是有一天晚上，我忘記了準備當晚的內容，直到天天躺在床上叫我時，我才想起來今天「沒米下鍋」。

那時候正好在寫我的第一本書《在唐詩中孤獨漫步》，腦子裡裝了不少唐詩和詩人的故事，於是我靈機一動，對天天說，要不今天爸爸給你講一種新的故事——詩詞故事好不好？

孩子總是很容易忽悠，天天毫不猶豫答應了，於是我把白居易的〈問劉十九〉稍加想像，編成了一個短小的故事，講給天天聽。

本來那晚是情急之下的敷衍應付，誰知道後來天天居然對這種詩詞故事非常感興趣，每天晚上都要求我講，從此一發不可收拾，連續講了兩三年，直到他上小學。

那時候我們的詩詞故事都是在黑暗中講的，最多第二天孩子在電腦上再看一遍，我從來沒有要求他背誦任何詩，可是不久以後我驚訝地發覺，我和他講過的詩詞他基本上都會背誦！我問他怎麼背熟的，他奇怪地看我一眼：

「你講了故事，我當然就會背誦了啊！」

天天在小學的時候，古典詩詞的積累量已經相當於高中的學生，而更重要的是，小小的睡前故事培養了孩子對詩詞的濃厚興趣，在這方面的領悟也明顯強於別的孩子。

時間總是在不經意間溜得飛快。十年前吵著要爸爸講詩詞故事的小男孩現在已經上高中了，身高一百八十幾，都超過我了。但是現在我們偶爾還是會提起小時候講詩詞故事的事情，每當想起，心裡滿滿的都是溫馨。

中國鷺江出版社的董曦陽編輯知道了我和天天的故事，建議我寫一本專門給小朋友講唐詩的書。我想也好，我自己的兒子長大了，但是如果能把我教孩子的經驗與其他的父母共用，給他們啟發和幫助，也是一件好事。

所以我以我出版的《在唐詩中孤獨漫步》、《溫和地走進宋詞的涼夜》為藍本，以小學和初中的孩子為對象，修改了文字風格，並針對孩子認知特點加入了一些新的內容，寫出了這本書。這本書適合小學到初中的孩子閱讀，更適合父母給孩子做親子共讀的資料。我希望所有的父母與自己的孩子都能擁有那樣美好的時光：在靜靜的夜裡，孩子聽著爸爸或者媽媽給自己講那些美麗的詩詞，講那些有趣的詩人，有趣的故事。這樣的童年，是美好的，這樣的陪伴，更是美好的。

我一直很喜歡蔣勳先生的一句話：「有時候美盲比文盲還可怕。」在今天，純粹意義上的文盲已經不多見了，但是美盲卻比比皆是。尤其在經濟飛速發展，人們的欲望被物質引誘不斷擴張的這個時代，我總覺得除了ABC之外，孩子還需要一些東西，這些東西可能考試不會考到，也無助於他們升入名校，掙大錢居高位，但是對他們生命的滋潤與豐滿卻是必不可少的。

轉眼間十多年過去了，當年聽故事的小孩已經長大，身高一百八十幾，已經超過我了。這個月底，他將遠渡重洋，到加拿大念書。但是我相信十多年前那些聽故事的夜晚，將永遠留在他的心底，成為他童年最美好的回憶。

感謝鷺江出版社，成都天鳶文化傳播有限公司和臺灣日出出版・大雁文化事業股份有限公司的努力，讓這本書能在臺灣與讀者見面，我相信，雖然有一條淺淺的海峽阻隔，但是我們文化的根是相同的，更重要的是，我們對美的熱愛與追求也是相通的。

夏昆

二〇一九年一月四日星期五

有故事的唐詩（二版）：經典名句是這樣來的

作　　者　夏昆
責任編輯　夏于翔
協力編輯　賴姵如
校　　對　魏秋綢
內頁排版　陳玟憶
內頁構成　江孟達工作室
封面美術　江孟達工作室

發 行 人　蘇拾平
總 編 輯　蘇拾平
副總編輯　王辰元
資深主編　夏于翔
主　　編　李明瑾
業　　務　王綬晨、邱紹溢、劉文雅
行　　銷　廖倚萱
出　　版　日出出版
　　　　　地址：231030新北市新店區北新路三段207-3號5樓
　　　　　電話：(02)8913-1005　傳真：(02)8913-1056
　　　　　網址：www.sunrisepress.com.tw
　　　　　E-mail信箱：sunrisepress@andbooks.com.tw
發　　行　大雁出版基地
　　　　　地址：231030新北市新店區北新路三段207-3號5樓
　　　　　電話：(02)8913-1005　傳真：(02)8913-1056
　　　　　讀者服務信箱：andbooks@andbooks.com.tw
　　　　　劃撥帳號：19983379　戶名：大雁文化事業股份有限公司

印　　刷　中原造像股份有限公司
二版一刷　2023年1月
二版二刷　2024年5月
定　　價　430元
I S B N　978-626-7261-03-3

國家圖書館出版品預行編目（CIP）資料

有故事的唐詩：經典名句是這樣來的／夏昆著. -- 二版. -- 臺北市：日出出版：大雁文化事業股份有限公司發行, 2023.01
288面；15×21公分

ISBN 978-626-7261-03-3（平裝）

831.4　　　　111020958

圖書許可發行核准字號：文化部部版臺陸字第108004號
出版說明：本書由簡體版圖書《給孩子讀唐詩》以正體字在臺灣重製發行，推廣經典詩詞。